Anmerkung der Übersetzerin:

Der Vorname der Protagonistin Guðfinna wird
«Gwüth-finna» ausgesprochen, der Name Þorfinnur «Thor-finnür».

Island-Interessierte finden am Ende des Buches
ein kleines Glossar zu Ortsnamen und kulturellen Referenzen.

Die deutsche Übersetzung wurde gefördert von

MIÐSTÖÐ ÍSLENSKRA BÓKMENNTA
ICELANDIC LITERATURE CENTER

Titel der isländischen Originalausgabe:
«Vonarlandið»
Erschienen bei Vaka-Helgafell, Reykjavík 2014

Gesetzt aus der Fairfield Light bei Fotosatz Amann, Memmingen
Druck und Bindung: CPI – Ebner & Spiegel, Ulm
Umschlaggestaltung: Geviert, Grafik & Typografie, Michaela Kneißl
Umschlagabbildung: Landschaft: Pall Gudonsson/Getty Images;
Frau: Susan Fox/Trevillion Images
Gedruckt auf alterungsbeständigem, säurefreiem Papier
(hergestellt aus chlorfrei gebleichtem Zellstoff)
Printed in Germany
ISBN 978 3 406 70721 6

www.chbeck.de

Kristín Steinsdóttir

HOFFNUNGSLAND

Roman

Aus dem Isländischen
von Anika Wolff

C.H.Beck

1

Als Guðfinna den Bakarastígur hinaufläuft, erwacht die Stadt gerade zum Leben. An der Pumpe treffen immer mehr Wasserträger ein. Guðfinna bleibt kurz stehen. Einen Augenblick lang spielt sie mit dem Gedanken, den Waschbottich hinzuschmeißen und sich dazuzugesellen, statt zu den heißen Quellen zu laufen. Da ist auch schon Jóka mit ihren Wassereimern. Morgens laufen die beiden oft das erste Stück gemeinsam, aber heute hat Guðfinna länger als sonst gebraucht, um sich den schweren, hölzernen Bottich auf den Rücken zu binden, daher ist Jóka schon vorausgeeilt. Sie sagt immer, es sei wichtig, zu den Ersten in der Schlange zu gehören.

So früh am Morgen geht es an der Wasserpumpe noch ruhig zu. Die Wartenden hauchen sich in die Hände und versuchen, sich warm zu halten, irgendwer summt ein Lied, und der Mann an der Pumpe beeilt sich. Wenn er trödelt, bekommt er den Unmut der anderen zu spüren. Aus der Dunkelheit ist der Ruf des Nachtwächters zu hören:

«Es ist sechs Uhr! Der Wind ist mäßig!»

«Ach, halt doch die Klappe, du Schurke», brummt irgendwer in der Schlange. Dann wird weiter geschwiegen und gewartet.

Guðfinna weiß, dass sie bei den Quellen nicht allein sein wird. Sie hat dort schon einige andere Mädchen kennengelernt. Meist aber bleibt sie für sich und ist mit den Gedanken nicht ganz da, seit Stefanía fort ist.

Guðfinna nickt den Wasserträgern zu und läuft weiter den Hügel hinauf.

Trotz der Dunkelheit versucht sie, den holprigen Weg schnell und sicher zu laufen, biegt an der richtigen Stelle ab, folgt dem Pfad, der sich zwischen den Hütten durchs Skuggahverfi schlängelt, bis hinunter zum Meer. Den Spuren nach ist sie nicht die Erste, die sich auf den Weg gemacht hat. Am Vortag hat es noch geschneit, aber in der Nacht hat es getaut, und nun befürchtet sie, sich durch ein einziges Matschfeld kämpfen zu müssen. Oder dass es wieder schneien könnte. Kurz vor Einbruch der Dämmerung hat gestern der Wind über den Gipfel der Esja gefegt. Guðfinna ist lange genug in Reykjavík, um zu wissen, dass das kein gutes Zeichen ist. Sie späht in die Dunkelheit, hofft, vor oder hinter sich eine Bewegung auszumachen, jemanden mit einem Bottich auf dem Rücken zu entdecken, doch sie sieht nichts. Hört nichts als das Brausen des Windes.

Unsicher ist sie zwar nicht, dafür ist sie diesen Weg schon zu oft gegangen. Trotzdem wäre sie so früh am Morgen jetzt lieber nicht allein. Sie versucht, ihre Fantasie im Zaum zu halten. Manchmal überfällt sie die Angst. Wie jetzt, mitten in der Nacht, allein in der Dunkelheit. Sie vermisst Stefanía.

Nun hat sie die Mündung der Rauðará hinter sich. Sie kommt gut voran, hört die Wellen an die Küste schlagen und riecht das Meer. Sie weiß, dass der Mond gerade abnimmt.

Um diese Zeit müsste er noch hoch am Himmel stehen; wenn er nicht von Wolken verdecken wäre, würde er jetzt Licht spenden.

Ach, du Schreck – was ist das für ein Lärm? Ist das vor oder hinter ihr? Sie dreht sich um und ballt die Fäuste, ist auf alles gefasst. Hält den Atem an, hört aber nichts. Und sieht auch nichts. Sie beginnt, einen Psalm zu murmeln, um sich zu beruhigen, beschließt dann aber, lieber an etwas Schönes zu denken, an den Frühling und den Sommer. Das Lied zu singen, das die Mutter ihr und den Geschwistern früher immer vorgesungen hat. Wie oft haben sie über das Land der Hoffnung und den Wald geredet, vom Ausland geträumt, vom Gold und den Diamanten! Niemand bei ihnen auf dem Land besaß etwas so Wertvolles, das wie die Sterne am Himmel funkelte:

Die Hoffnung kommt zu mir
und küsst mich auf die Wang.
Schon ist sie wieder fort
mit ihrem Haar, so lang.
Geld will sie mir geben
und Schätze allerhand,
all das Gold, die Diamanten
im Wald von Hoffnungsland.

Zuerst summt sie nur leise, doch dann fasst sie Mut und singt das Lied immer wieder. Und läuft schneller. Morgens wird sie manchmal von der Angst übermannt. Zu allen anderen Tageszeiten lässt sie das nicht zu. Als Stefanía noch da war, hatte sie nie Angst, und jetzt will sie damit auch nicht mehr anfangen.

Wenn die Waschfrauen ihre Kaffeepause machen und die Glieder strecken, werden Geschichten erzählt. Gute und schlimme. Meist gute. Wenn es mild ist, lachen die Mädchen, sind ausgelassen und übermütig. Die Älteren schütteln darüber die Köpfe, stöhnen und schnaufen. Sie erinnern sich noch an ganz andere Zeiten, an deutlich schlimmere. Am liebsten würde Guðfinna nachfragen, doch sie tut es nicht. Hofft, dass sie irgendwann mehr erfährt. Es hat auch Vorteile, von außerhalb zu kommen. Sie kennt nicht die Geister und Seeungeheuer, weiß nur, dass sie sich keine Angst einjagen lassen darf. Will nicht zurück aufs Land. Ist in Reykjavík sie selbst, und so soll es bleiben.

Sie stellt kurz ihren Eimer ab und rückt den Bottich auf ihrem Rücken zurecht. Plötzlich der Schreck: Hat sie etwas vergessen? Sie guckt in den Eimer, erkennt aber kaum etwas in der Dunkelheit. Greift hinein und fühlt die Seife, den Wäscheklopfer, Soda, Becher, Kaffeekanne und Proviant. Gott sei Dank, alles da. Heute hat sie die Wäsche von zwei Gymnasiallehrern dabei und im letzten Moment noch einige Kleider von einem Schuljungen eingepackt, der dringend frische Wäsche braucht. Womöglich hat sie sich damit etwas zu viel aufgebürdet, aber sie will sich nichts entgehen lassen. Sie wird von allen bezahlt und weiß, was sie schafft. Ist verschuldet und muss sparen.

Am Bach, der den Fúlatjörn speist, trifft sie auf ein Mädchen, das mit seiner Last kämpft. Sie nimmt ihr den Eimer ab. Das Mädchen ist dankbar, redet vom Wetter und dem schlechten Weg. Der Bach führt nur wenig Wasser, und sie kommen mühelos auf die andere Seite, müssen nicht runter zum Strand laufen. Das letzte Stück führt durchs Kirkjumýri. Es zieht sich. Sie weichen den sumpfigen Stellen aus und achten darauf, nicht vom Weg abzukommen.

Und dann sehen sie die weiß-grauen Dampfsäulen von den Quellen aufsteigen.

2

Guðfinna setzt den Bottich ab und nimmt die Wäsche heraus. Sortiert sie schnell. Der Bottich steht auf einem Stein an den Quellen. Mit dem Eimer schöpft sie kochend heißes Wasser in den Bottich, dann holt sie kaltes Wasser, vermischt beides und beginnt mit der Dreckswäsche. Knetet kräftig. Weiß, dass sie diese Prozedur noch viele Male wiederholen und anschließend alles gut auswringen muss. Am Anfang hat sie noch ganz blutige, eitrige Hände davon gekriegt. Inzwischen scheinen sie sich an die heiße Brühe gewöhnt zu haben. Obwohl das Wasser warm ist, kann einem bei dieser Arbeit furchtbar kalt werden, und gefährlich ist sie auch noch.

Wenn ihr jemand prophezeit hätte, dass sie mal in Reykjavík landen würde, hätte sie ihm kein Wort geglaubt. Sie hatte bereits ein Jahr lang als Magd auf dem Hof Hvammur gearbeitet, als Stefanía auftauchte. Von diesem Tag an war alles anders. Guðfinna fühlte sich sofort zu diesem fröhlichen Mädchen hingezogen, und ihre bittere Einsamkeit gehörte schlagartig der Vergangenheit an. Manchmal schreckte sie mitten in der Nacht auf, überzeugt davon, dass das alles nur ein Traum gewesen war.

Die beiden wollten in Reykjavík eine Anstellung finden. Am liebsten in einem vornehmen Haus. Hatten von Mädchen gehört, die in die Stadt gezogen waren und denen es dort gut ergangen war. Die schöne Kleider hatten, heirateten und nur noch zu Besuch in ihre alte Heimat kamen, auf Pferden reitend, in feinen Kleidern und mit gut aussehenden Männern an ihrer Seite. Stefanía, die Träumerin, war fest entschlossen, sich so einen Mann zu angeln. Und setzte Guðfinna denselben Floh ins Ohr. Behauptete, sie könne zwischen den Männern auswählen. Sie sei doch so tüchtig. Sie müssten bloß nach Reykjavík kommen.

Guðfinna hielt dagegen, dass Stefanía sich doch genauso gut auf dem Land einen jungen Mann suchen könne, doch die schüttelte entschieden den Kopf. Fand diese Männer weder zupackend genug noch hübsch. So herzhaft wie mit Stefanía hatte Guðfinna noch nie gelacht.

Es war so leicht, sich von ihr anstecken zu lassen, weil sie immer die komische Seite an den Dingen sah, obwohl das Leben es weiß Gott nicht immer gut mit ihr gemeint hatte. Mit kurzem Abstand hatte sie Mutter und Vater verloren, und die Geschwister waren getrennt worden. Sie war bei einer Verwandten untergekommen, die sie Ziehmutter nannte und von der sie nur Gutes und Schönes erzählte. Die Ziehmutter hatte bemerkt, dass Stefanía nicht so kräftig gebaut war wie die anderen Mädchen und sich schonen musste. Sie war schnell erschöpft, manchmal lief sie sogar blau an und wurde bei der Arbeit einfach ohnmächtig. Daher achtete die Ziehmutter darauf, sie nicht zu viel arbeiten zu lassen. Wenn Stefanía müde wurde, war es in Ordnung, wenn sie nur einen halben Fäustling strickte, während die anderen Kinder einen ganzen schafften. Auf manchen Höfen mussten die Kinder ein ganzes Paar am Tag stricken, aber die Ziehmutter war gut zu ihren Schützlingen.

Viele versuchten, die Mädchen von ihrem Plan abzuhalten. Prophezeiten, dass sie noch vor Einbruch des Herbstes zurückkommen würden, kleinlaut und ernüchtert. Hvammur, wo die beiden sich kennengelernt hatten, war in der Tat ein vorbildlicher Hof. Sie konnten sich glücklich schätzen, hier untergekommen zu sein, auch wenn sie von morgens bis abends schuften mussten. Es gab genug zu essen, und es war immer viel los, oft ging es sogar richtig lustig zu. Doch nachdem ihre Ziehmutter gestorben war, hielt Stefanía nichts mehr auf dem Land. Und wenn Stefanía ging, wollte Guðfinna auch nicht bleiben.

Der Bauer konnte kaum glauben, dass die beiden nach Reykjavík wollten, und versuchte alles Mögliche, um sie umzustimmen. Sagte, dass er sie nicht entbehren könne. Schwang Lobesreden auf die beiden, versprach ihnen einen besseren Lohn, wenn sie es den anderen nicht verrieten. Guðfinna hätte sich vielleicht tatsächlich noch überreden lassen; nicht aber Stefanía. Sie behauptete, in Reykjavík bereits eine feste Anstellung gefunden zu haben. Über eine Verwandte ihrer Ziehmutter, die Anna heiße und auf einem Hof namens Sveinsbær wohne. Und auch für Guðfinna habe Anna eine Stelle ausfindig gemacht. Als der Bauer mehr über diese Stelle wissen wollte, antwortete Stefanía ausweichend. Sie glaubte, es sei in einem Haus im Westen der Stadt. Bei guten Leuten. Sie hätte keinen Grund, misstrauisch gegenüber der Verwandten ihrer Ziehmutter zu sein, die immer nur das Beste für sie gewollt habe. Da wollte der Bauer den Brief sehen, doch Stefanía entgegnete, dass der privat sei. Damit war die Sache vom Tisch.

Natürlich erwartete die beiden keine Anstellung in Reykjavík, doch sie hatten die stillschweigende Übereinkunft getroffen, das für sich zu behalten. Ihre Zeit auf Hvammur war fast um, und sie wollten einfach nur noch weg, alles Weitere würde sich schon finden. Zur Kreuzauffindung, als die Saison zu Ende war, verabschiedeten sie sich schließlich von den Leuten auf Hvammur und brachen auf.

Im Nachhinein hat Guðfinna das Gefühl, Stefanía nie so glücklich und erwartungsfroh erlebt zu haben wie in jenen Frühjahrstagen auf ihrer Wanderung übers Land. Wenn sie unterwegs müde wurde, was oft vorkam, setzten sie sich irgendwohin und ruhten sich aus, oder Guðfinna nahm ihr das Bündel ab. Die Sonne ging kaum unter, und nichts hinderte die beiden daran, Nacht für Nacht unter freiem Himmel zu schlafen. Wenn sie an Höfen vorbeikamen, arbeiteten sie dort ein bisschen und bekamen dafür zu essen. Erzählten Neuigkeiten, die sie gehört hatten, redeten übers Wetter und darüber, wie weit das Gras schon gewachsen war. Doch sobald ihnen jemand anbot, länger zu bleiben, lehnten sie dankend ab und setzten ihre Reise fort.

Auf dem Hof Árbær bekamen sie etwas Milch zu trinken, und als sie auf die große Bucht blickten, hatten sie das Gefühl, schon fast in Reykjavík zu sein, und brachen schnell wieder auf. Als Nächstes machten sie auf dem Hof Barð halt. Da hatten sie schon das Meer erreicht, und die Stadt war bereits in Sichtweite. Die Sonne schien, und die Vögel sangen.

Die lieben Lehrer sollten ruhig mal öfter ihre Sachen waschen lassen, denkt Guðfinna verärgert und richtet sich auf. Sie schüttet das schmutzige Wasser aus und füllt den Bottich mit frischem Seifenwasser, wirft die weiße Wäsche hinein und rührt tüchtig mit dem Wäscheklopfer. Während die Kleider im Bottich kreisen, wendet sie sich ihrer Kaffeekanne zu. Inzwischen schneit es tatsächlich. Die Sonne ist aufgegangen, doch zu dieser Jahreszeit bleibt es nur kurz hell, und im Schneetreiben sieht man sowieso kaum einen Unterschied zwischen Tag und Nacht. Einige Mädchen haben sich zusammengefunden, stehen dicht beieinander und trinken Quellenkaffee, mit dem schwefligen Quellwasser aufgegossen. Reden übers Wetter, das Meereseis und die Pest, die angeblich in einigen Hütten umgeht. Auch Erbrechen und Durchfall. Und diese elendige Skrofulose, die die Kinder heimsucht.

Wie gut es tut, den Rücken zu strecken und ein wenig zu verschnaufen. Sich zu den anderen zu gesellen. Seit Stefanía fort ist, ist sie meist mit den Gedanken woanders, will zwar bei den anderen sein, fühlt sich aber irgendwie verloren. Der Kaffee wärmt, doch trotzdem kriecht die Kälte in alle Knochen. Der Wind hat zugenommen. Sie versucht, sich mit dem Rücken zu ihm zu stellen, aber der Schnee scheint ihr aus allen Richtungen ins Gesicht zu wehen. Sie hätte heute nicht herkommen sollen, hätte die Schlechtwetterwolke über der

Esja ernst nehmen sollen. Aber wer hätte schon damit gerechnet, dass es ein solches Mistwetter geben würde?

Vor vielen Jahren hat hier einmal ein Haus gestanden, mit Wäscheleinen davor. Damals konnten die Frauen ihren Kaffee dort drinnen trinken und sich ins Trockene setzen. Oder auch im Haus waschen, wenn das Wetter ganz schlimm war. Doch das Haus ist während eines Unwetters weggeflogen, nur noch ein paar Wäscheleinen sind davon übrig. Was würde sie dafür geben, jetzt in einem Haus unterschlüpfen zu können, selbst wenn es darin spukt. Es heißt, ein Mädchen habe dort ausgeharrt, bis der Sturm das Haus mit sich gerissen habe. Sie war schwanger, stürzte in die westliche Quelle und erlitt so heftige Verbrennungen, dass sie starb. Die Mädchen sagen, Guðfinna solle nicht erschrecken, wenn sie abends eine dunkel gekleidete Frau bei den Quellen sehe. Sie tue niemandem etwas, sondern klage nur bitterlich ihr Leid.

Guðfinna eilt zurück zu ihrem Bottich. Fischt ein Teil nach dem anderen heraus, breitet alles auf einem großen flachen Stein aus und schlägt mit dem Wäscheklopfer die Seife heraus. Verdammt, da ist immer noch ein Fleck! Sie legt sich ins Zeug, muss alle Flecken rauskriegen, sonst wird sie kein zweites Mal gebeten, die Wäsche zu waschen. Sie füllt den Bottich noch einmal mit frischem Wasser und reibt das Stück sorgfältig mit Seife ein. Als sie endlich zufrieden ist, spült sie es einige Male durch und wringt dann alles so gut wie möglich aus. Damit die Wäsche auf dem Heimweg nicht unnötig schwer ist – sie muss auch so schon genug schleppen. Sie ist verschwitzt, und gleichzeitig sind ihre Kleider von der Brust bis zum Rocksaum nass. Der Rock ist ihr im Weg, und sie versucht, ihn auszuwringen, aber er ist steif gefroren. Sie will so schnell wie möglich nach Hause. Sieht, dass auch alle anderen sich beeilen. Befürchtet, dass das Wetter noch schlechter wird. Sie will mit den anderen gehen, nicht allein unterwegs sein.

Mit steifen Fingern schnüren sie sich die Bottiche auf die Rücken; die Eimer halten sie im Arm, müssen sie gut festhalten, damit der Wind sie ihnen nicht aus den Händen reißt. Wie so oft führt Matthildur die Gruppe an. Sie arbeitet schon lange als Wäscherin und ist diesen Weg schon bei jeder Witterung gegangen.

Das Wetter ist furchtbar, und der Weg scheint endlos. Sie bleiben dicht beieinander, geben sich gegenseitig Schutz und achten darauf, keine in der Dunkelheit zu verlieren.

3

Es ging schon auf den Abend zu, als Guðfinna endlich das niedrige Häuschen fand. Stefanía kam in einigem Abstand hinter ihr her. Ein Schwarm Fliegen brummte um den Fisch, der an der Hauswand hing. Eine kleine Frau verscheuchte die lästigen Insekten, stellte sich auf die Zehenspitzen und nahm die zusammengebundenen Fische vom Haken. Als sie sich umdrehte, ging Guðfinna mit ausgestreckter Hand auf sie zu.

«Ich bin Guðfinna Ólafsdóttir aus Flóinn, und das ist Stefanía Sveinsdóttir. Wohnt hier Þorfinnur Jónsson, der Zimmermann?»

Die Frau war nicht besonders gesprächig, stellte sich aber immerhin als Margrét Karlsdóttir vor, und als sie sich zu einem schlaffen Händedruck hinreißen ließ, kam ein stattlicher Mann aus dem Haus. Er lächelte freundlich.

«Ich bin Þorfinnur, Zimmermann und Besitzer dieser bescheidenen Hütte, ganz richtig. Und ihr müsst die Mädchen sein, von denen Anna gesprochen hat. Bitte schön, herein in die gute Stube.» Er hielt ihnen die Tür auf. Von außen hatte das Häuschen schon klein gewirkt; von innen war es winzig, aber sauber und gemütlich. Margrét ging direkt zum Küchentisch und kümmerte sich um den Fisch. Sie war blass, hatte eingefallene Wangen und wirkte unzugänglich. Ihr Mann zeigte auf ihre Schlafstätte und sprach für sich und seine Frau:

«Es ist nicht groß, aber ihr werdet euch wohlfühlen. Alle fühlen sich in Litlakot wohl! Und wenn erst das neue Haus gebaut ist, werden wir Platz haben! Hast du keinen Kaffee für die Mädchen, Weib?»

Dann erklärte er, dass er noch ein paar Leute treffen müsse, und sagte den Mädchen, dass sie ruhig mitessen könnten.

«Über die Bezahlung sprechen wir, wenn ihr Arbeit gefunden habt», sagte er und lächelte. «So tüchtig, wie ihr ausseht, werdet ihr keine Schwierigkeiten haben, etwas zu finden.»

Endlich schien ein bisschen Leben in Margrét zu kommen, und sie rief:

«Der Fisch ist schon fast im Topf. Willst du nichts essen, Þorfinnur?»

«Heb mir einen Bissen auf, meine Gute. Ich esse, wenn ich zurückkomme!» Und schon war er weg.

Guðfinna sah sich um, dann setzte sie sich. Vielleicht hatte sie sich ihre Unterkunft in Reykjavík anders vorgestellt. Hatte keine Ahnung gehabt, was sie erwartete. In den ersten Tagen war ihnen in dieser Stadt alles so groß vorgekommen, es gab so viele Häuser und Menschen. Sie hatten befürchtet, sich nie zurechtzufinden, bis sie sich einige Fixpunkte einprägten: den See Tjörnin, den Turm der Dómkirkja und die Mühle.

Gleich nach ihrer Ankunft hatte Stefanía Anna aufgesucht.

Die Verwandte ihrer Ziehmutter ließ die Mädchen in den ersten Tagen bei sich wohnen, kündigte aber sofort an, dass sie nicht lange bleiben könnten. Und dann organisierte sie ihnen den Platz in der Hütte bei Þorfinnur und Margrét. Wusste, dass er Schlafplätze vermietete. Anna versprach, sie wissen zu lassen, wenn sie von einer Stelle in einem guten Haus höre. Im Moment wisse sie nichts.

Guðfinna verstaute ihr Gepäck am Fußende ihres Bettes, dann legte sie sich hin und entspannte sich. Merkte, wie erschöpft sie noch von der langen Reise war. Genoss es, sich mitten am Tag hinzulegen. So einen Luxus hatte es auf dem Land nicht gegeben. Da hatten sie frühestens bei Einbruch der Nacht freigehabt, wenn überhaupt. Dieses Leben war schon so weit weg. Damals hatte sie ein Dach über dem Kopf, es gab zu essen und ansonsten endlose Plackerei. Jetzt hatte sie nur noch ein Dach über dem Kopf, für das sie auch noch bezahlen musste; weder etwas zu Essen noch Arbeit. Ob sie hier genauso schuften musste? Ganz bestimmt. Aber sie wollte Gott vertrauen und jetzt nicht weiter darüber nachdenken. Ihre Lider fielen zu, und auf einmal stand sie mit einer Harke auf dem Land, allein vor einer viel zu großen Fläche trocknenden Heus. Und dann fing es auch noch an zu regnen …

War sie eingenickt? Wo war sie? Sie hörte, dass sich Stefanía mit irgendwem unterhielt. Sie dämmerte noch einen Moment vor sich hin, dann setzte sie sich auf. Auf einem der Betten saß eine kleine, energisch wirkende Frau. Margrét war immer noch mit dem Fisch beschäftigt, Kaffeeduft lag in der Luft – offenbar hatte sie frischen aufgegossen.

«Na, endlich aufgewacht?» Die kleine Frau kam mit ausgestreckter Hand auf sie zu. «Jórunn Sveinsdóttir», sagte sie. «Nenn mich einfach Jóka.» Ihr kleines, knorriges Händchen verschwand in Guðfinnas Hand.

«Am helllichten Tag so zu schnarchen ...», kicherte Jóka. Sie hielt Guðfinna eine Tasse Kaffee hin. «Ich arbeite als Wasserträgerin und habe deiner Gefährtin schon gesagt, dass das auch was für euch sein könnte. Es gibt immer Leute, die sich ihr Wasser bringen lassen. Viele sind faul, und andere sind sich zu fein dafür.»

Die Wasserträger waren Guðfinna gleich am ersten Tag aufgefallen. Außer ihnen schleppten vor allem alte Leute, Hausmädchen und vereinzelt auch Kinder Wassereimer durch die Stadt.

«Der Hausherr meint, dass es für uns leicht sein wird, Arbeit zu finden», entgegnete Stefanía fröhlich.

«Der Hausherr! Man kann auch alles schönreden», schnaubte Jóka. Es schien sie nicht im Geringsten zu stören, dass Þorfinnurs Frau zuhörte. «Ist er mal wieder besoffen gewesen?»

«Nein, er wollte noch Leute treffen», beeilte sich Stefanía zu sagen.

«Leute, sagst du! Wie leichtgläubig man sein kann. Der ist im Schweinestall, der Kneipe, wie immer um diese Tageszeit. Bei Illugi.» Sie schwieg bedeutungsvoll, dann schimpfte sie weiter: «Furchtbar, wenn man sich vorstellt, was meine Margrét alles ertragen muss. Gott stärke und stütze sie – uns alle!»

Immer noch schien Margrét nicht zuzuhören. War es ihr

völlig egal, wie Jóka über ihren Mann herzog? Die schnappte sich ihr Schultertuch und verkündete, dass sie im Schweinestall vorbeischauen wolle, um nachzusehen, wie es ihm gehe. Manchmal lasse er sich überreden, mit nach Hause zu kommen.

Als sie fort war, sahen sich die Freundinnen an. Und hörten in der Stille, die auf Jókas Tiraden folgte, Margréts unterdrücktes Schluchzen.

Nach kurzem Zögern stand Stefanía auf, ging zu ihr und legte ihr die Hand auf die Schulter. Wollte etwas Nettes sagen, wusste aber nicht, was. Sie wollte dieser fremden Frau ein bisschen von ihrer Last nehmen. Da drehte Margrét sich um und schluchzte:

«Ich hätte es wissen müssen … die Vorzeichen!»

«Welche Vorzeichen?»

«Dieser Raum ist voller entstellter Vögel gewesen, die sich gegenseitig die Federn ausrissen … ganz blutig und schleimig, wie Frühgeborene … Und so viele von ihnen tot. Seht zu, dass ihr hier wegkommt! Sucht euch lieber eine andere Bleibe.»

Jetzt weinte Margrét heftig. Behutsam schob Stefanía sie zu ihrem Bett. Da sackte sie förmlich in sich zusammen. Allmählich legte sich ihr Weinen, und sie dämmerte weg. Stefanía saß auf der Bettkante und strich ihr übers Haar. Versuchte, mit ihr zu reden, bekam aber kein Wort aus ihr heraus. Es schien, als sei Margrét weggedämmert. Nach einer halben Ewigkeit stammelte sie leise:

«Geht nicht. Ihr könnt den Fisch essen.»

Den Freundinnen war nicht wohl bei der Sache. Wo

waren sie hier gelandet? Und was hatte es mit Margréts Andeutungen zu den Vorzeichen auf sich? Sie aßen den Fisch und ließen ein Stück für den Hausherrn übrig. Dann räumten sie auf, so leise, dass sie Margrét, die schwer atmend schlief, nicht störten. Bis spät in den Abend unterhielten sie sich im Flüsterton. Immer wieder fuhr Margrét erschrocken hoch und faselte irgendetwas, um dann wieder wegzudämmern. Guðfinna war überzeugt, dass diese Frau geisteskrank war, aber vermutlich nicht weiter gefährlich. Ansonsten hätte Anna sie nicht hierhergeschickt.

Stefanía hingegen ließen die Vorzeichen keine Ruhe, sie konnte nicht aufhören, darüber nachzudenken. Als Guðfinna sich bettfertig machte, ging Stefanía noch einmal raus, lief ein ganzes Stück und atmete tief die frische Luft ein. Die Esja lag im selben tiefroten Schein wie am letzten Abend. Da war Stefanía noch ganz überwältigt von der Schönheit gewesen, doch jetzt war alles wie gedämpft, und sie hatte Angst. Als sie sich zurück in die Hütte schlich, schliefen die anderen bereits. Auch sie legte sich hin, doch sie hatte Schwierigkeiten, in den Schlaf zu finden.

«Es ist Mitternacht. Es geht ein schwacher Wind!» Der Ruf des Nachtwächters unterm Fenster riss Stefanía aus dem Schlaf. Das nächste Mal wachte sie auf, als Þorfinnur und Jóka nach Hause kamen. Er war laut, und Jóka fuhr ihn an, ruhig zu sein. Stefanía lag bis tief in die Nacht wach, und als sie dann endlich einschlief, schlief sie wie ein Stein bis in den Tag hinein. Als sie aufwachte, war Guðfinna schon längst draußen in der Sonne.

4

An diesen Frühlingstagen schien die Sonne nicht aufhören zu wollen, ihre Strahlen auf die Erde zu werfen. Alles wuchs und gedieh, und das Wetter war vielversprechend. Guðfinna erkundigte sich überall nach Arbeit, Stefanía hingegen war vor allem damit beschäftigt, die Stadt zu erkunden. Sie hatte die Sache mit den Vorzeichen weit von sich geschoben, und Margrét erwähnte auch nichts mehr in diese Richtung. Jeden Tag entdeckte Stefanía etwas Neues, das sie faszinierte und das sie Guðfinna zeigen musste. Sie brauchte nichts zum Essen, wollte nur gucken und erkunden.

Die größte Anziehungskraft ging von den Geschäften aus. So viele Waren hatten sie noch nie auf einem Fleck gesehen. Wenn die Verkäufer fragten, wie sie den Fräulein behilflich sein könnten, lächelten sie selig und erklärten, dass sie sich nur umsähen. Der einzige Wermutstropfen für Stefanía war, wie wenig ansehnlich sie daherkamen. In ihren schäbigen Kleidern würden sie wohl kaum die Aufmerksamkeit der Männer erregen. Sie schaffte es natürlich trotzdem, strahlte unter ihrem zerschlissenen Tuch, mit funkelnden Augen und den braunen Zöpfen, die sie zu einem Kranz um den Kopf gelegt hatte.

In den Geschäften war immer viel los. Vor allem waren

dort Männer, die am Verkaufstresen standen, Geschichten erzählten und tranken, manche aus Schnapsgläsern, andere aus Flachmännern. Hingen dort herum und schienen es nicht eilig zu haben. Und natürlich zeigten sie Interesse an Stefanía, manche auch an Guðfinna. Einmal musste der Verkäufer seine Kunden sogar bitten, sich im Zaum zu halten, und die beiden Mädchen schwebten anmutig aus dem Laden.

Eines Abends warfen sie aus Neugierde einen Blick in den Schweinestall. Schon von draußen waren Gesang und fröhliche Stimmen zu hören. Im selben Haus befanden sich auch noch zwei weitere Kneipen, die Jedermann und Kajüte hießen. Die eine war leer, in der anderen saßen ein paar Männer, die tranken und sich unterhielten. Sie luden die Mädchen ein, sich dazuzugesellen, doch die beiden lehnten dankend ab und suchten schnell das Weite. In beiden Kneipen stand dicker Rauch in der Luft, am dichtesten aber im Schweinestall. Dort war auch am meisten los und der Gestank am größten. Es hieß, dass kein anständiges Mädchen auch nur einen Fuß in diesen Laden setzen würde.

Vom Tjörnin aus floss ein Bach runter zum Meer, und es führte eine schöne, steinerne Brücke darüber. Jóka hatte sie gewarnt, dass der Bach bei Regen deutlich anschwellen und gefährlich werden könne. Im Zentrum der Stadt lag das Gymnasium. Wie hypnotisiert starrten sie das Gebäude an; ein so großes Haus hatten sie noch nie gesehen. Genauso gern sahen sie sich die Mühle oberhalb der Pumpe am Bakarastígur an. Sahen zu, wie sich die riesigen Flügel drehten, wenn Getreide gemahlen wurde. Alles war groß in dieser Stadt, in der rund zweitausend Menschen lebten.

Bei gutem Wetter liefen sie oft hinauf zum Skólavarðan, stiegen auf den Turm und ließen den Blick über die weite Welt schweifen. Stefanía konnte gar nicht genug davon kriegen. Dort oben konnte sie sich dermaßen verlieren, dass Guðfinna schon längst wieder hinuntergestiegen war und wartete oder sich schon auf den Heimweg gemacht hatte. Meist träumte Stefanía von einer Stelle in einem vornehmen Haus. Sie ging davon aus, dass es zum nächsten Saisonwechsel so weit sein und dass 1871 ein gutes Jahr werden würde. Das hatte sie im Gefühl.

Wenn Guðfinna zurückdenkt, bereut sie es, die Zeit mit Stefanía nicht mehr ausgekostet zu haben. Sich nicht länger mit all den schönen und spannenden Dingen beschäftigt zu haben, die Stefanía immer entdeckte. Nicht häufiger gelacht zu haben – jetzt, da sie überhaupt nicht mehr lacht, ja, noch nicht einmal mehr weiß, wie sich Lachen anfühlt.

Denn es war Guðfinna, die bestimmte, wo die Reise langging. Und eines schönen Tages fingen sie als Kohlenträgerinnen an. Gingen mit Margrét um sechs zum Hafen, nachdem man ihnen am Tag zuvor Arbeit versprochen hatte. In der Nacht wurde ein Kohlenschiff erwartet, und man hatte ihnen eingeschärft, früh da zu sein. Um diese Zeit war Jóka schon an der Pumpe. War zwar erst spätabends vom Schweinestall nach Hause gekommen, aber wie immer morgens als Erste auf den Beinen gewesen. Es wirkte fast, als bräuchte dieses kleine Vöglein keinen Schlaf.

Mit großen Augen starrten sie das Schiff an; Stefanía war wie hypnotisiert.

«Sollen wir versuchen, an Bord zu kommen, und in ein fernes Land segeln?»

«Vielleicht später», antwortete Guðfinna, «erst müssen wir die Kohlen tragen.»

«Vielleicht brauchen sie ja eine Köchin», spann Stefanía weiter. «Das würde ich mir schon zutrauen. Wollen wir mal fragen?»

«Und welche Sprache sollen wir mit denen sprechen?» Guðfinna verpasste ihr lächelnd einen Ellbogenstoß. Stefanía lachte.

Inzwischen hatten sich viele Frauen jeglichen Alters am Hafen versammelt. Sie warteten schweigend, als wären sie alle stumm. Vermutlich waren sie einfach noch nicht ganz wach. Einige Männer liefen hin und her, unter anderem der kleine Kerl, mit dem sie am Vortag gesprochen hatten. Sie waren aufgeregt und laut, und dann endlich konnte es losgehen, und sie schrien den Frauen zu, dass sie anfangen sollten. Und zwar ein bisschen plötzlich.

Guðfinna beobachtete, wie die Männer den Frauen Kohlensäcke auf den Rücken banden. Und dann standen auch sie und Stefanía in der langen Schlange, die sich langsam in Richtung Lagerhaus bewegte. Guðfinna war kräftig, merkte aber sofort, wie schwer der Sack auf ihrem Rücken lastete. Auf dem Land hatten alle immer gesagt, dass sie stark wie ein Mann sei. Aber diese Kohlensäcke waren wirklich unverschämt schwer. Den ganzen Weg zum Lagerhaus musste sie auf ihre Füße gucken, um nicht zu fallen. Am Ziel angekommen, nahm man ihr den Sack ab, dann machte sie kehrt, um den nächsten zu holen.

Sie streckte ihren Rücken, sah sich kurz um und massierte ihren Nacken. Dann trug sie den nächsten Sack und den übernächsten. Am Anfang zählte sie die Säcke noch, aber irgendwann gab sie es auf. Machte einfach weiter. Hörte auch auf, zu denken. Anfangs lächelte Stefanía noch, wenn sie sich begegneten. Am Nachmittag lächelte sie nicht mehr, sondern schnaufte nur noch mit blauen Lippen zwischen Hafen und Lagerhaus hin und her.

Am Abend aßen sie noch einen Happen kalten Fisch und schliefen dann sofort ein; schafften es kaum noch, sich zu waschen. Jóka hatte ihnen Wasser mitgebracht. Wusste, wie hartnäckig der Ruß festsaß. Wie aus weiter Ferne hörte Guðfinna, dass Þorfinnur etwas zu essen verlangte. Margrét hatte sich aufs Bett geworfen und sich um nichts gekümmert. Er stöhnte, dass er furchtbare Kopfschmerzen habe, stürmte aus dem Haus und knallte die Tür zu.

Am nächsten Tag ging die Schlepperei weiter. Es war schon nach Mittag, und immer noch schien die Sonne. Da bemerkte Guðfinna eine kleine Frau, die sich langsam voranschleppte. Der Sack war viel zu groß für sie, sie taumelte regelrecht unter der Last. Plötzlich stürzte sie und blieb unter dem Sack begraben liegen. Hilfe suchend sah Guðfinna sich um. Einige Frauen liefen mit gesenktem Blick vorbei, vielleicht hatten sie nicht bemerkt, was passiert war. Sie versuchte, sich zu bücken, verlor dabei jedoch beinahe selbst das Gleichgewicht. Rasende Wut packte sie. Sie zerrte die Knoten auf und warf ihren Sack ab.

«Ist alles in Ordnung?», fragte sie die Frau und kniete

sich neben sie, bekam jedoch keine Antwort. Befreite sie vom Kohlensack, strich ihr über den Rücken und bat sie, zu versuchen, sich umzudrehen. Noch immer rührte sich die Frau nicht. Jetzt war auch Stefanía stehen geblieben. Sie beugte sich hinunter und lauschte nach ihrem Atem.

«Sie lebt», flüsterte sie mit zitternder Stimme.

«Was treibt ihr da?», wurden sie von hinten angeherrscht.

«Wonach sieht es denn aus?», fragte Guðfinna genauso barsch zurück. Sie erkannte den klein gewachsenen Mann wieder. Sie drehten die Frau auf den Rücken. Sie stöhnte vor Schmerzen. Sie blutete an der rechten Wange, und eine Hand hing unnatürlich schief am Arm. Vielleicht hatte sie sich beim Sturz das Handgelenk gebrochen.

«Kannst du dich aufsetzen?» Guðfinna machte Anstalten, ihr aufzuhelfen.

«Ich kümmere mich darum, Weibsbild, geh du mal schnell weiter», sagte der Mann. «Warum hast du denn auch deinen Sack abgeworfen?!»

«Sie wollen sich um die Frau kümmern?»

«Aber sicher. So, weiter jetzt. Ich binde dir den Sack wieder fest. Und du, was treibst du hier eigentlich ohne Sack?», fuhr er Stefanía an, die ihm keinerlei Beachtung schenkte. Sie zog einen Stofffetzen aus ihrer Tasche und tupfte der Frau das Blut ab, lächelte sie aufmunternd an und strich ihr übers Haar. Dann stand sie auf, tat so, als wenn der Kerl Luft wäre, und setzte hoch erhobenen Hauptes ihren Weg fort.

Guðfinna war stinkwütend; so wütend wie schon lange nicht mehr. Am liebsten hätte sie diesen frechen Kerl geohrfeigt. War sich sicher, dass sie ihn niedergerungen hätte, falls es zu einem Kampf gekommen wäre. Ihr fielen einige Situationen ein, in denen sie die Stärkere gewesen war. Aber es war kein guter Einstieg, gleich an den ersten Arbeitstagen in Reykjavík eine Schlägerei anzuzetteln. Daher ballte sie die Fäuste und stapfte los.

Sie trugen weiter Kohlensäcke, bis die Ladung fertig gelöscht war, beschlossen aber, es beim nächsten Mal lieber mit einer anderen Arbeit zu probieren.

5

Kurze Zeit später bekamen sie Nachricht von Anna: Eine Dame, die in der Stadt wohne, habe Schwierigkeiten mit ihrem Hausmädchen und brauche nun jemanden, der für sie wasche. Ob sie das übernehmen könnten? Die Mädchen machten sich natürlich gleich Hoffnungen auf eine Stelle als Hausmädchen – leider vergeblich. Es wurde wirklich nur eine Waschfrau gesucht. Sie beschlossen, trotzdem zuzusagen und diese Aufgabe gemeinsam zu übernehmen. Dann kam auch noch ein zweiter Auftrag dazu. Und so brachen sie zu ihrem ersten Waschtag auf, jede mit einem Bottich auf dem Rücken. Die Sonne schien, und trotz der Last liefen sie beschwingt los.

«Kohlen schleppe ich nur noch, wenn es um Leben und Tod geht», sagte Stefanía. «Das hier ist wirklich deutlich besser.»

«Sollten wir den Tag nicht erst einmal abwarten und heute Abend entscheiden, wie es uns gefallen hat?»

«Ach, sei doch nicht immer so vernünftig. Ich hab es im Gefühl, dass das besser wird», erwiderte Stefanía und lachte ihr helles Lachen.

Durch die dichten Dampfschwaden sahen sie sich um. Kannten das alles schon von den Waschtagen auf dem Land, bis auf das heiße Wasser.

Die schnellsten und dreistesten Frauen hängten ihre Wäsche auf die alten Leinen, die anderen breiteten sie auf Steinen aus. Oder auf der Wiese. Je besser die Sachen im Laufe des Tages trockneten, desto weniger mussten die Frauen auf dem Heimweg schleppen. Vor allem die weiße Wäsche behielten die beiden gut im Blick, aus Angst davor, dass sie mit der Wäsche der anderen Frauen durcheinandergeriet.

Während die Wäsche trocknete, holten sie sich Kaffee und aßen ihren Proviant. Beobachteten, wie einige Frauen Fisch in Eimern im heißen Wasser garten, und beschlossen, das beim nächsten Mal auch zu tun.

Der weite Weg zu den Quellen schreckte sie nicht, und auch den Rückweg schafften sie gut, sie waren zusammen, Schulter an Schulter. Nichts konnte schiefgehen. Jetzt waren sie unabhängig. Mussten abends nicht mehr müden Knechten aus den feuchten Klamotten helfen. Und auch nicht mehr deren zerschlissene Sachen stopfen, nach langen Arbeitstagen auf den Wiesen. Um sich am nächsten Morgen Vorwürfe anzuhören, wenn etwas fehlte oder noch nicht trocken war. Nein, sie waren frei und unabhängig, hatten zwar nicht viel, aber sie wussten, wo sie standen. Und das Leben fing gerade erst an.

Nach dem ersten Waschtag bekamen sie weitere Aufträge. Und in der Zwischenzeit halfen sie beim Salzfisch. Bei gutem Wetter zogen sie die Fische frühmorgens aus dem Stapel und schleppten sie auf Tragen zu den Trockengestellen.

Am Nachmittag, wenn die Sonne langsam unterging, wurde der Fisch wieder eingesammelt und neu gestapelt.

Anschließend wurde er abgedeckt – damit er nicht nass wurde, falls es regnete.

Manchmal trugen sie gemeinsam eine Trage, meist aber wurden ihnen irgendwelche Männer zugeteilt. Guðfinna feixte, wusste, dass dadurch verhindert werden sollte, dass sie sich schonten. Sie selbst war jedem Mann gewachsen und lud ihre Trage ordentlich voll, aber um Stefanía machte sie sich Sorgen. Wenn man zu schnell lief, war es schwierig, auf dem steinigen Boden Halt zu finden, und man hatte am Abend wunde Füße.

Einmal trug Guðfinna wie so oft mit Steini, der in der Hütte Vesturkot wohnte. Sie versuchte, dem Kerl keine große Beachtung zu schenken, obwohl sie schon wusste, dass er immer bestimmen wollte und auf niemanden Rücksicht nahm. Und so zog er sie auch diesmal mit der übervollen Trage hinter sich her. Auf einer Tour stolperte Guðfinna ein alter Mann vor die Füße. Er stieß gegen die Trage, woraufhin Guðfinna ins Straucheln kam und ihr die Trage aus den Händen rutschte.

«Verdammt, was störst du arbeitende Leute, du Trauerkloß!», schimpfte Steini. Der Mann wurde rot, murmelte irgendetwas und stolperte fort.

«Lass den armen Mann, das wollte er nicht.» Guðfinna bückte sich und begann, die Fische wieder einzusammeln.

«Halt die Klappe, Weibsbild, und sieh gefälligst zu, dass du demnächst auf den Beinen bleibst!», schrie Steini noch wütender.

«Du Herrscher ohne Untertanen», antwortete Guðfinna und versuchte, ruhig zu bleiben.

«Reiß nicht immer so frech dein Maul auf, du hast mir gar nichts zu sagen!», donnerte Steini.

Jetzt flammte in Guðfinna die Wut auf; sie hatte das Gefühl, zu ersticken.

«Bilde dir ja nichts darauf ein, dass du für dieselbe Arbeit das doppelte Guthaben beim Kaufmann bekommst!»

«Will Guðfinna, die Weise, etwa behaupten, dass sie einem Mann ebenbürtig ist?»

«Ich schufte hier genauso wie ihr, auch wenn ich keinen Schwanz in der Hose habe!» Sie war so wütend, dass sie sich einen Fisch schnappte und damit auf Steini losging.

«Du schlägst mich, Hexe?», schrie Steini und versuchte, ihr den Fisch zu entreißen. Doch Guðfinna schlug weiter auf ihn ein und trieb ihn vor sich her. Er rutschte aus und fiel hintenüber, doch sie schlug immer weiter. Einen Schlag für jede Frau, die er bei dieser Arbeit schon erniedrigt hatte. Bis die Nachricht von der Auseinandersetzung zu den Trockengestellen vorgedrungen war und der Vorarbeiter angestürmt kam.

«So ein Schlappschwanz, lässt sich von einer Frau verprügeln!», hörte Guðfinna jemanden rufen, als ihr der Vorarbeiter den Fisch aus der Hand riss. Die Umstehenden lachten hämisch. Sie war stinkwütend und dem Vorarbeiter gegenüber kurz angebunden. Zeigte nicht die geringste Reue und weigerte sich, weiter mit Steini zusammenzuarbeiten. Und kam damit durch.

Danach wagte es zwar niemand mehr, sich mit ihr anzulegen, doch es ärgerte sie, dass sie genauso grob wie Steini hatte werden müssen, um ernst genommen zu werden.

6

Wenn Guðfinna weit genug zurückdenkt, kommt es ihr vor, als hätte früher immer die Sonne geschienen. Und sie erinnert sich an helles Lachen. Das war, als ihr Vater noch lebte und sie noch alle zusammen waren. Mama sang, und wenn er zu Hause war, schnitzte Papa Kühe und Pferde für die Kinder. Ansonsten war er zum Fischen auf See, und sie kümmerten sich um die Tiere. Sie waren sieben Geschwister, alle kurz hintereinander geboren und sich einander sehr nahe. Waren sie manchmal hungrig gewesen? Ja, vielleicht, aber sie hat nicht das Gefühl, dass das oft vorgekommen ist. Und wenn Papa nach Hause kam, gab es frischen Fisch.

Sein Boot sank bei einem Unwetter, das über Südisland wütete, im selben Jahr, in dem auch die Schafräude ihr ganzes Vieh dahinraffte. Seine Leiche wurde nie gefunden. Mama war mit dem achten Kind schwanger, einem kleinen Jungen, der starb, als er zwei Wochen alt war. Der Kleine bekam eine Nottaufe und den Namen seines Vaters. Guðfinna weiß noch, wie bitterlich er weinte, bis es vorüber war. Und wie friedlich und schön er aussah, als er in der Stube lag. Er wurde zu einer alten Frau in den Sarg gelegt, die auch gerade gestorben war.

Die einzigen Bücher, die sie besaßen, waren eine Bibel

und der Katechismus. Mit Letzterem lernte Guðfinna lesen und beherrschte es einigermaßen, als sie konfirmiert wurde. Konfirmiert werden konnte nur, wer bestimmte Bibelstellen auswendig wusste. Das machte ihr keinen Spaß, aber daran war nicht zu rütteln. Also biss sie die Zähne zusammen, denn sie wollte unbedingt konfirmiert werden. Nach der Konfirmation schüttelten ihr alle die Hand, und sie fühlte sich endlich erwachsen.

«Mein schönes, großes Mädchen!», hatte Mama nach der Zeremonie gesagt und sie fest an sich gedrückt. Noch jetzt wird ihr ganz warm ums Herz, wenn sie daran denkt. Das war das einzige Mal in ihrem Leben gewesen, dass jemand sie «schön» genannt hat.

Sonntags, in der Fastenzeit und zu hohen Feiertagen las Papa aus der Bibel vor. Zur Kirche gingen sie nur selten. Die war so weit weg, und sie hatten nur ein Pferd.

Am liebsten aber erzählte Papa Geschichten. Die alten Wikinger Gunnar und Njáll, Egill Skallagrímsson und Grettir der Starke waren seine Helden. Er erzählte den Kindern auch vom Meer, Geschichten von Unglücken und sinkenden Schiffen, und sie saßen mit offenen Mündern da und fürchteten sich. Guðfinna war heilfroh, nicht auf See zu müssen. Wo wohl ihre Brüder sind? Sie hat schon lange nichts mehr von ihnen gehört. Als Mama starb, kamen nur zwei ihrer Geschwister.

Nach dem Tod des Vaters konnte die Mutter die Familie nicht zusammenhalten. Als sie auseinandergingen, weinten sie alle bitterlich. Guðfinna kam als Magd auf einen Hof in der Nachbargemeinde. Von da an war nichts mehr wie zuvor, aber sie hatte Glück. Landete beim alten Pfarrer und seiner Frau.

Auf dem Pfarrhof gab es unzählige Bücher. Abends las der alte Pfarrer daraus vor, darauf freute sich Guðfinna schon den ganzen Tag. Er erzählte ihnen auch Geschichten aus der Bibel. Als er bemerkte, wie aufmerksam Guðfinna zuhörte, lieh er ihr eine alte Bibel und schlug ihr verschiedene Textstellen vor, die sie lesen sollte. Er war interessiert und unterhielt sich mit ihr. Mit der Zeit las sie immer flüssiger. Wenn die Messe gehalten wurde, die sie sich nie entgehen ließ, war sie besonders glücklich, an diesem Ort gelandet zu sein.

Die Frau des Pfarrers war bei schlechter Gesundheit und musste oft tagelang das Bett hüten. Vor vielen Jahren hatte das Ehepaar seine junge Tochter verloren, nachdem sie sich einen Bandwurm eingefangen hatte. Es schien, als hätte die alte Frau in Guðfinna ihr Mädchen wiedergefunden, und sie wollte sie viel um sich haben. Nannte sie manchmal Bergþóra. Und da sie wusste, dass Guðfinna in der Bibel las, bat sie sie an manchen Tagen, sich zu ihr zu setzen und ihr vorzulesen. Die Madam wurde nie böse, beschwerte sich nie, dass es zu langsam ging, und ließ Guðfinna bestimmen. Anschließend bedankte sie sich jedes Mal so überschwänglich, als hätte Guðfinna ihr einen großen Gefallen getan. Mit der Zeit überwand Guðfinna alle Scheu. Erzählte von Grettir dem Starken oder die Abenteuergeschichten ihres Vaters. Und immer hörte die alte Frau zu. Manchmal kam sie Guðfinna wie ein Kind vor und nicht wie eine erwachsene Frau.

Doch dann bat der Pfarrer sie, sich an die Bibel zu halten,

denn einige der Geschichten würden seine Frau so ängstigen, dass sie nicht schlafen könne. Guðfinna tat ihr Bestes, aber die Madam wollte nicht nur biblische Geschichten hören und auch nicht nur aus der Heiligen Schrift vorgelesen bekommen. Sagte, dass sie diese Texte schon so oft gehört habe. Da sang Guðfinna vom Wald in Hoffnungsland und andere Lieder, die sie von ihrer Mutter kannte. Sang sie immer wieder, bis auch die Madam sie kannte und mitsummen konnte. Das genoss sie sehr, lächelte übers ganze Gesicht. Und dann fing Guðfinna an, sich eigene Geschichten auszudenken, zunächst über die Tiere des Hofes. All diese Geschichten gingen gut aus.

Als der alte Pfarrer starb und Guðfinna den Pfarrhof verlassen musste, brach für sie ein zweites Mal die Welt zusammen. Sie wollte so gern mit der Madam gehen und wusste, dass auch die alte Frau das wollte. Doch ihr Sohn hatte andere Pläne und brachte seine Mutter in den benachbarten Bezirk. Der neue Pfarrer brauchte keine Magd, und so verließ Guðfinna den Pfarrhof zur Kreuzauffindung.

Sie weinten beide, als sie auseinandergingen, und die alte Frau gab Guðfinna ein schwarzes Tuch als Andenken. Der Pfarrer hatte ihr vor seinem Tod die alte Bibel geschenkt und ihren Namen hineingeschrieben, damit niemand behaupten konnte, dass sie nicht ihr gehöre. Mit diesen beiden Schätzen zog Guðfinna in die Welt hinaus. Da war sie achtzehn Jahre alt.

Von dieser Zeit an arbeitete sie mal hier, mal dort. Wurde unterschiedlich gut behandelt. Manchmal ging es ihr einigermaßen gut, meist aber schlecht. Sie verglich alles mit dem Pfarrhof und fand nie wieder etwas Vergleichbares. Vermisste die alten Zeiten. War wortkarg und schwermütig. Versuchte, für sich zu sein, was in den engen Stuben nicht so einfach war. Las in der Bibel, wann immer sie die Gelegenheit dazu fand, was jedoch nur selten vorkam. Das spendete ihr Trost. Gleichzeitig sorgte es aber dafür, dass die anderen sie schief ansahen und als Eigenbrötlerin abtaten.

Wenn ihr die Schufterei zu arg und der Umgang zu ruppig wurde, packte sie schon nach einer Saison ihre Sachen. Zog von Hof zu Hof. Überall wollte man sie behalten. Sie bekam einen Heiratsantrag – nicht nur einmal –, wollte sich aber nicht binden. Am schlimmsten fand sie es, wenn verheiratete Männer sie nicht in Ruhe ließen, aber sie setzte sich immer zur Wehr. Manche Hausherrinnen sahen sie als Feindin an, malten sich gleich das Schlimmste aus. Guðfinna wusste nicht, wen sie mehr verachten sollte: sie oder ihre Männer.

Guðfinna hatte sich noch nie verliebt, glaubte aber, dass es irgendwann dazu kommen würde; sie war jung und gesund und hatte es nicht eilig, konnte auf die damit verbundenen Probleme und den Kummer gut noch verzichten. Ein Jahr lang war sie bereits auf Hvammur gewesen, als Stefanía kam. Und von da an wurde alles anders.

7

Jedes Mal, wenn die Freundinnen bei den Quellen waren und das Wetter mitspielte, wuschen sie sich. Das warme Wasser war einfach himmlisch. Sie vermischten das heiße Quellwasser mit kaltem, zogen ihre kurzen Jacken aus und wuschen sich den Schweiß ab. Stefanía besaß ein Stückchen weicher, duftender Seife, das sie von einer Madam geschenkt bekommen hatte. Diese Seife kam mit zu den Quellen. Die anderen machten große Augen und zogen sie deswegen auf, nannten sie die feinen Damen. Stefanía lachte darüber, und ihrem Lachen konnte man einfach nicht widerstehen. Wenn sie sich dann auf den Heimweg machten, waren sie sauber und fein. Obwohl sie wieder ihre nassen Sachen anziehen mussten und auf dem Rückweg schon wieder schwitzten, fühlten sie sich beschwingt, und Stefanía beteuerte, dass sie auch schöner seien.

An anderen Tagen mussten sie sich mit Fisch-Arbeiten zufriedengeben. Das war eine nasse Angelegenheit, und es konnte verdammt kalt sein, an den Wasserbecken zu stehen und den lieben langen Tag Fisch zu waschen und zu verarbeiten, zu salzen oder aufzustapeln. Aber sie waren sich einig, dass das allemal besser war, als Kohlen zu schleppen.

Wenn sie nicht arbeiteten, zog Stefanía los. Sie musste sich immer irgendetwas angucken, sich umschauen und Neues entdecken. Wollte Guðfinna nicht mit, machte sie sich eben allein auf den Weg. Und wenn sie dann zurückkam, sprudelte sie wie ein Wasserfall. Musste haarklein berichten, was sie alles gesehen hatte. Erzählen, wem sie begegnet war, wie die Leute gekleidet gewesen waren und ob jemand den Hut vor ihr gezogen hatte.

Und immerzu dachte sie an eine Stelle in einem vornehmen Haus. Sollte sie herumfragen? Irgendjemanden ansprechen? Die Ziehmutter hatte immer gesagt, dass man ruhig fragen könne, wenn man höflich sei. Wenn es sich anbot, wollte sie diese Chance nutzen – aber dann musste sie natürlich ordentlich frisiert und sauber sein. Deshalb putzte sie sich immer heraus, bevor sie das Haus verließ.

Stefanía träumte davon, sich etwas Schönes zu nähen. Hatte keine Scheu davor, allein in Geschäfte zu gehen. Fragte freundlich, ob sie sich die Stoffe ansehen dürfe, und fuhr andächtig mit den Fingern darüber. Die meisten Verkäufer waren sehr charmant. Sie lächelte freundlich, sagte, dass sie wiederkomme, und ging.

Eines Abends bat sie einer der Verkäufer, noch kurz zu warten. Er wollte den Laden schließen und sie nach Hause begleiten. Er war Däne, konnte ein paar Brocken Isländisch und sie ein bisschen Dänisch. Da das Wetter so gut war, gingen sie zum Skólavarðan und blickten über die Stadt. Vielleicht war er ein bisschen zu steif und nicht besonders unterhaltsam, aber Stefanía genoss es, mit einem so feinen Herrn durch die Stadt zu schlendern. Als sie sich vor Litlakot bei ihm bedankte, nahm er seinen Hut ab und verbeugte sich.

Da in diesem Moment Jóka aus der Tür kam, musste Stefanía alles bis ins Detail erzählen. Margrét war empört. Konnte es nicht glauben, dass Stefanía in Geschäfte ging. Allein! Sie selbst würde nie einen Laden betreten, wo ungehobelte Kerle an ihren Flachmännern hingen. Das gezieme sich nicht für ein anständiges Mädchen.

Stefanía lachte schallend und nahm sich diese Worte nicht zu Herzen. Meinte, dass ihr das schon nicht schaden würde. Ganz im Gegenteil! Dieses Vergnügen wollte sie sich von niemandem nehmen lassen. Sie wunderte sich ohnehin, warum nur so selten Frauen in den Geschäften zu sehen waren. Hatten sie etwa keine Lust, sich umzuschauen? Wenn, dann waren sie immer in Begleitung ihrer Männer unterwegs, die sie zur Eile antrieben.

Das Abenteuer mit dem Dänen wiederholte sich nicht. Als Stefanía das nächste Mal in dem Laden vorbeischaute, um Stoffe zu befühlen, war der Mann verschwunden. Sie sah ihn nie wieder. Vielleicht hatte er das Land mit dem Herbstschiff verlassen. Womöglich hatte er ihr das sogar gesagt, aber sie hatte ihn nicht verstanden. Sie sah ihn noch vor sich, wie er unbeholfen mit dem Hut in der Hand dastand und sich von ihr verabschiedete.

Hin und wieder besuchte Stefanía auch Anna auf ihrem Hof, und manchmal kam Guðfinna mit. Einmal begegneten sie in der Küche Sæmundur, einem Verwandten von Anna, der in Kaplaskjól auf seinem Hof Mjóanes vom Fischfang lebte. Er war vor Kurzem Witwer geworden und hatte ein ganzes Haus voller Kinder. Er war groß und schlank und sah gut aus. Im letzten Winter war seine Frau am Wochenbettfieber gestorben, und auch das Kind hatte nicht überlebt. Er wirkte niedergeschlagen, und sie merkten, dass es ihm schlecht ging, daher brachen sie schnell wieder auf. Später erzählte Anna den beiden, dass Sæmundur häufig auf Beerdigungen sang.

Oft besuchte Stefanía auch Jóka an der Pumpe und trug ihr ein paar Eimer oder spazierte mit ihr durch die Stadt. Es gefiel ihr an der Pumpe, dort war immer etwas los. Aber es war nicht gern gesehen, wenn jemand Neues dazukam und den anderen den Platz streitig machte. Doch wenn sich jemand wegen Stefanía beschwerte, wurde Jóka böse. Sie hatte ihren festen Platz an der Pumpe, und wer Stefanía angreife, der greife auch sie an.

Am Anfang hatte Stefanía noch Angst vor den Wasserträgern gehabt, vor allem vor Rustíkus und Ásmundur dem Schiefen. Rustíkus konnte sehr laut werden und wirkte oft unwirsch. Doch mit der Zeit merkte sie, dass er zwar eine große Klappe hatte, ansonsten aber harmlos war. Einer wurde Jón, der Tote, genannt. Er behauptete, tot gewesen und wiederauferstanden zu sein. Meist war er in seiner eigenen Welt, nahm angeblich abends seinen Kopf ab und hängte ihn vorm Schlafengehen an die Wand. Damit der Kopf ihn am nächsten Morgen aufwecken konnte. Kaum einer verstand, was Jón erzählte, aber er war ein lieber Kerl, umarmte die Leute und schenkte ihnen schöne Steine. Er und Engel-Anna waren wie Geschwister.

Anna war als junges Mädchen hübsch wie ein Engel

gewesen, und sie war noch immer schön, trotz des harten Lebens. Oft bekam sie alte Kleider aus den vornehmen Häusern geschenkt. Sie zog sie beim Wassertragen alle übereinander an und behauptete immer, die einzige Dame an der Pumpe zu sein.

Einmal kam Jóka morgens nicht auf die Beine, weil sie sich ständig übergeben musste. Guðfinna und Margrét waren schon auf dem Weg zu den Quellen, doch Stefanía ging für Jóka zum Wassertragen.

«Na so was, ist das junge Fräulein heute bei uns!» Rustíkus schlug freudig die Hände zusammen, als er Stefanía mit Jókas Eimern kommen sah. «So, jetzt beeil dich mal, alter Teufel, und lass das Fräulein ran.» Mit diesen Worten schubste er Jón, den Toten, von der Pumpe weg und verpasste seinen Eimern einen Tritt.

«Ist schon in Ordnung, ich habe es nicht eilig», beeilte Stefanía sich zu sagen.

«Natürlich hast du es eilig! Der Landvogt wartet auf sein Rasierwasser!», donnerte Rustíkus, und alle lachten.

Stefanía war sich nicht sicher, wohin sie musste, aber die anderen wussten Bescheid und halfen ihr. Niemand versuchte, sie zu verjagen, und niemand machte sich über sie lustig. Alle lächelten freundlich, und Stefanía lächelte zurück. Mittlerweile mochte sie die Wasserträger richtig gern.

Aber die waren nicht zu allen so freundlich, verweigerten zum Beispiel den französischen Seeleuten den Zugang zur Pumpe. Als Stefanía vom Landvogt zurückkam, hatte ein Franzose gerade damit begonnen, kräftig zu pumpen.

«Weg da, weg, du Drecksfranzose! Weg mit deinen Fässern!», schrie Engel-Anna und versuchte, ihn wegzudrücken, doch der Mann rührte sich nicht.

«Schlag den Teufel, Rustíkus!»

Der kam genau in diesem Moment herbeigerannt und stieß den Fremden weg. Die anderen warfen seine Wasserbehälter um und ließen sie den Hügel hinunterrollen.

«Weg mit dir! Die Pumpe gehört mir, du Teufel!», brüllte Rustíkus und setzte dem Fliehenden mit erhobener Faust nach.

«Du kannst dir Wasser holen, wenn wir fertig sind», schrie Engel-Anna und stellte ihre Eimer unter den Wasserstrahl.

«Nein, du kannst dir dein Wasser in Frankreich holen!»

«Merde, merde, merde!», schrie der Franzose und rannte hinter seinen Fässern her.

«Dieser Teufel kann ja richtig fluchen!» Rustíkus war noch ganz außer Atem.

«So, Beeilung, Anna. Das kleine Fräulein ist als Nächste dran mit dem Wasser für den Apotheker. Jón, der Tote, kann warten!»

Am liebsten hätte Stefanía gesagt, dass sie nach Jón an die Pumpe wollte, aber sie traute sich nicht, Rustíkus zu widersprechen.

Sie sah dem Franzosen nach, der fluchend und schimpfend die Fässer vor sich her rollte. Wie schön es wäre, wenn sie sich mit ihm unterhalten könnte. Ihm eine andere Wasserstelle zeigen könnte. Jóka hatte ihr erzählt, dass die Franzosen manchmal in einer großen Gruppe kamen und die Pumpe dann ganz in Beschlag nahmen. Dann ging es dort richtig zur Sache. Einmal kam sie nach einem solchen Tag ganz zerkratzt nach Hause, hatte sich beim Kampf um die Pumpe nicht zurückgehalten.

Am Nachmittag ging es Jóka besser, und sie übernahm wieder ihre Eimer. Stefanía tat alles weh, und sie war völlig erschöpft. Als sie nach Hause kam, war niemand da. Sie schleppte sich in ihr Bett und schlief sofort ein. Als Guðfinna vom Waschen zurückkam, fand sie eine leichenblasse Stefanía vor. Sie hatte sich übergeben und tat das immer wieder, bis in den Abend hinein.

8

Der Herbst schritt voran, und Stefanía machte zunehmend die Müdigkeit zu schaffen. Manchmal fühlte sie sich, als wäre ihr ganzer Körper gelähmt, und sie hatte Schwierigkeiten, morgens aufzustehen. Trotzdem gab sie ihr Bestes. Bald kamen zur Müdigkeit und Erschöpfung auch noch Erbrechen und Atemnot hinzu – dabei müsste sie doch langsam mal wieder gesund werden, oder? Sie ging mit Guðfinna zu den Quellen und versuchte, fleißig zu sein.

Margrét hatte Stefanía gleich vom ersten Tag an in ihr Herz geschlossen, und nun versorgte sie das Mädchen mit Hingabe.

«Komm, meine Liebe, iss einen Bissen Fisch», sagte sie jedes Mal, wenn sie Fisch hatte. Schaffte Stefanía es nicht aus dem Bett, brachte sie ihr den Teller ans Lager, setzte sich zu ihr und erzählte. Es hatte ganz den Anschein, als lebte diese schweigsame Frau im selben Maße auf, wie Stefanía die Kräfte schwanden.

Manchmal kam es Guðfinna vor, als sähe Þorfinnur Stefanía als Konkurrentin an, denn je schlechter es ihr ging, umso weniger kümmerte sich Margrét um ihren Mann.

Im späten Advent brach Stefanía unter dem Gewicht ihres Waschbottichs zusammen. Sank auf dem Heimweg erschöpft auf die Knie, übergab sich und konnte nicht mehr weiterlaufen. Guðfinna befreite sie von ihrer Last, half ihr auf und stützte oder vielmehr trug sie fast den ganzen Weg nach Hause. Ein paar Mädchen, die vorbeikamen und sahen, was los war, halfen ihr mit den Eimern. Die beiden Bottiche musste sie zurücklassen.

Margrét war zu Hause. Sie legten Stefanía ins Bett und versorgten sie. Dann zog Guðfinna noch einmal los, um die Bottiche zu suchen. Erinnerte sich nicht mehr, wo genau sie sie stehen gelassen hatten. Betete zu Gott, dass niemand sie gestohlen hatte. War überzeugt davon, dass sich so mancher über die Leinensachen freuen würde. Wer wollte keine Laken, Bettbezüge oder Hemden haben? Alles sauber und geglättet. Sie hatte gehört, dass manchmal Wäsche von den Leinen oder sogar aus den Trockenschuppen der reicheren Stadtbewohner verschwand. Was würde aus Stefanía und ihr werden, wenn die Wäsche verschwunden war? Sie würden für den Schaden aufkommen müssen, aber sie hatten doch gar kein Geld. Vielleicht landeten sie im Zuchthaus? Die arme Stefanía, in ihrem Zustand!

Zuerst entdeckte sie ihren Bottich. Er stand noch an dem großen Stein, wo sie ihn abgeworfen hatte, als sie Stefanía auf den Rücken genommen hatte. Niemand hatte ihn angerührt, alles war noch genau so, wie sie es zurückgelassen hatte. Stefanías Bottich stand ganz in der Nähe. Sie band sich Stefanías Bottich auf den Rücken, nahm ihren eigenen in den Arm und schleppte alles nach Hause. Musste mehrere Verschnaufpausen einlegen. Die feuchte Wäsche war schwer. Der ganze Körper tat ihr weh.

Nachdem sie die Wäsche aufgehängt hatte, konnte sie sich endlich ausruhen. Stefanía schlief. Alle schliefen, inzwischen war es schon tiefe Nacht. Guðfinna war völlig erschöpft. Sie legte sich aufs Bett und schlief sofort ein, noch in kompletter Montur.

«Es ist zwei Uhr, und der Wind ist mäßig!» Der Ruf des Nachtwächters ließ sie aus dem Schlaf schrecken. Sie schlotterte vor Kälte. Zog schnell die nassen Röcke, die handgemachten Schuhe aus Lammleder, die kurze Jacke und das Hemd aus und versuchte, Leben in ihre eisigen Füße zu massieren. Schlief ein und lag wie bewusstlos bis zum Morgen. Wurde trotz der Strapazen nicht krank. Bekam noch nicht mal einen Schnupfen. Sie hatte wirklich Glück.

Nicht so Stefanía. Die Tage und Wochen vergingen, und ihre Abgeschlagenheit wollte einfach nicht nachlassen. Sie bemühte sich, fleißig zu sein, brach aber immer wieder zusammen. Ihre Gliedmaßen waren kalt und die Lippen blau. Sie ging mit Jóka zum Wassertragen, aber auch dort: Sie war sofort erschöpft und schaffte es nicht, die Eimer zu tragen. An der Pumpe waren alle lieb zu ihr. Engel-Anna schenkte ihr ein dänisches Kleid, das sie in einem der Häuser bekommen hatte. Jón, der Tote, gab ihr schöne Steine und Scherben, und Rustíkus sorgte dafür, dass das junge Fräulein immer sofort drankam, wenn es eintraf. Doch es half alles nichts, und schließlich musste sie auch das Wassertragen aufgeben.

Während die anderen arbeiten gingen, blieb sie zu Hause und versuchte, sich irgendwie nützlich zu machen. Wusch die Becher ab und besserte Kleider aus. Guðfinna versuchte nach Kräften, Stefanía aufzumuntern, doch das wurde immer schwieriger.

«Was soll aus mir werden?», fragte Stefanía wie so oft in letzter Zeit. «Ich bin so elendig.» Sie verbarg ihr Gesicht in den Händen.

«Kopf hoch, Schwester», flüsterte Guðfinna und blinzelte, damit Stefanía ihre Tränen nicht sehen konnte. Versuchte zu lächeln. Sie hatten manchmal gescherzt, dass sie Schwestern seien. Stefanía war die kleine Schwester, schmal und zart, mit ihren langen, braunen Zöpfen, die bezaubernde Schönheit aus Flóinn. Guðfinna selbst war kräftig gebaut, hatte ein rundes Gesicht und war stark. Die große Schwester mit dünnem, hellem Haar und Adlernase.

«Wir gehen zum Arzt, und er hilft dir.»

«Zum Arzt! Wie sollen wir das denn bezahlen?»

«Das lass mal meine Sorge sein», antwortete sie mit aufgesetzter Fröhlichkeit. «Du siehst heute schon viel besser aus als gestern. Komm, lass uns ein bisschen rausgehen. Draußen taut es, unglaublich, oder? Im Februar!»

9

Margrét war es schon immer ein Rätsel gewesen, warum er sie gewählt hatte. Þorfinnur war groß und blond und so schön, dass sie sich sofort in ihn verliebte, als er kam, um die Kirche instand zu setzen. Damals war sie als Magd auf dem Hof Brekka gewesen und schon seit gut einem Jahr dort. Sie war mit Jóhannes befreundet, dem Knecht vom Nachbarhof, und glaubte, ihn zu lieben. Doch jetzt befielen sie Zweifel. Eigentlich wollten sie und Jóhannes – sobald in der Kirche wieder die Messe gehalten werden konnte – ihr Aufgebot bestellen und im Herbst heiraten. Aber nun hoffte sie, dass sich die Erneuerungsarbeiten hinzogen. Sie wollte Þorfinnur so lange wie möglich vor Ort haben, und außerdem belastete sie der Gedanke an die Ehe mit Jóhannes immer mehr.

Þorfinnur war Lehrling bei einem Reykjavíker Zimmermann, der in Norwegen gelernt und dort seinen Meister gemacht hatte. Jetzt waren die beiden gekommen, um die Kirche zu reparieren, die bei einem Unwetter im frühen Winter stark beschädigt worden war. Schon monatelang hatte dort keine Messe mehr gehalten werden können.

Die Sonne schien, und die Zimmerleute arbeiteten von früh bis spät. Auf dem Hof war viel los, und Margrét wusste, dass sie nicht die Einzige war, die dem jungen Zimmermann schöne Augen machte. Es hieß, dass er noch nicht vergeben sei. Manchmal schickte man sie mit Molke zu den durstigen Kirchenbauern in die Sonne. Hin und wieder blieb sie dann ein Weilchen bei ihnen.

Þorfinnur sagte, dass sie schön sei. Sie trug ihr blondes Haar in langen Zöpfen, die sie auf dem Kopf zusammenband, und er nannte sie das Mädchen mit dem Heiligenschein. Am Anfang küsste er sie noch ganz zurückhaltend und zart. Sagte, dass sie sein Engel sei. Mit der Zeit wurden die Küsse immer heißer und fordernder.

Er war anders als Jóhannes. Redete ganz offen und viel, und sie hörte gebannt zu, weil er schon weit herumgekommen war und gut erzählen konnte. Und er lobte sie. Das hatte noch niemand getan. Sie hatte das Gefühl, in seiner Gegenwart größer zu werden und ihre Kleider besser auszufüllen. Das Leben bekam neue Farben, und alles war spannend. Und dann wohnte er auch noch in Reykjavík, wo sie hinwollte, seit sie zum ersten Mal von dieser Stadt gehört hatte. Er hatte sogar ein kleines Haus zu bieten, das ihm gehörte. Als der Sommer sich dem Ende zuneigte, wussten alle, was sich zwischen ihr und Þorfinnur entwickelt hatte.

Margrét war unruhig. Jóhannes kam oft zu ihr und wollte mit seiner Verlobten reden. Er war verlässlich und ruhig, besaß ein paar Schafe, einen Hund und ein Pferd, und er sparte, um sich noch mehr Vieh anschaffen zu können. Aber er war schweigsam und schaffte es nicht, über die Situation zu sprechen. Vielleicht wartete er darauf, dass Margrét etwas sagte. Sie hätte ehrlich sein, die Sache ansprechen und ihm helfen sollen. Das erkannte sie später, aber da war es bereits zu spät.

Das letzte Mal, als er zu ihr kam, war die Kirche so gut wie fertig, und die erste Messe stand an. Er sah sie lange an und schwieg. Sie schaffte es nicht, ihm in die Augen zu schauen, und senkte den Blick. Er sagte, dass er ihr sein Pferd schenken wolle, und fragte, ob sie nun ihre Ehe ankündigen würden. Margrét schüttelte den Kopf, den Blick immer noch gesenkt. Traute sich nicht, Jóhannes anzusehen. Hörte, dass er weinte. Wollte das nicht sehen. Sie wusste nicht, wie sie ihm helfen sollte; in ein paar Tagen würde sie mit Þorfinnur nach Reykjavík gehen. Mit den Leuten auf Brekka war schon alles geklärt.

An jenem Abend, als die Kirche fertig war, sah sie Þorfinnur zum ersten Mal sturzbetrunken. Sie erschrak. So betrunken hatte sie noch nie jemanden gesehen. Aber er hatte ja auch in den letzten Tagen und Wochen so hart gearbeitet, daher glaubte sie, dass es an der Erschöpfung liegen und nicht wieder vorkommen würde.

Am nächsten Tag erschien Jóhannes nicht zur Messe. Die ganze Region war zusammengekommen, und Margrét tat es leid, ihn nicht zu sehen. Sie wollte sich noch richtig von ihm verabschieden. Beinahe wäre sie losgezogen, um ihn zu suchen, befürchtete aber, dass Þorfinnur das missverstehen könnte. An diesem Tag bestellten zwei Paare ihr Aufgebot, und Margrét zuckte beide Male zusammen. War schweigsam und distanziert. Genau wie Þorfinnur. Er roch immer noch nach Alkohol.

Am folgenden Tag machten sie sich auf den Weg nach Reykjavík.

10

Sie zogen in Litlakot ein. Þorfinnur steckte Margrét einen Ring auf den Finger, und damit waren sie verlobt. Sie machten ihr Aufgebot, und im späten Herbst heirateten sie; Þorfinnurs beide Brüder waren die Trauzeugen.

Diese Brüder wohnten mit ihnen in Litlakot, waren schon vor Margrét da gewesen. Abgesehen davon, dass sie viel tranken – vor allem der Jüngere – und nur gelegentlich arbeiteten, machte sich Margrét wegen der beiden zunächst keine großen Sorgen. Sie behaupteten, bald auf See zu sein, waren immer gerade kurz davor, wenn Margrét Þorfinnur darauf ansprach. Doch irgendwie veränderte sich Þorfinnur in ihrer Gegenwart und zog abends immer öfter mit ihnen los. Dann kam er spät nach Hause, war laut und roch nach Alkohol.

Ansonsten fühlte sie sich wohl in dem kleinen Häuschen. Sie ging darin auf, es wohnlich zu machen, pflückte Blumen und dekorierte damit die Stube. Genoss es, ihr eigenes kleines Reich zu haben. Merkte, dass auch Þorfinnur sich wohlfühlte. Er baute ein Trockengestell hinter dem Haus und schnitzte Holzklammern, damit die weiße Wäsche im Sonnenschein flattern konnte. Litlakot war eine der Hütten, zu denen kein Grund gehörte, aber sie hofften, dass die Leinen trotzdem bleiben durften.

Þorfinnur meinte, dass Litlakot ein völlig anderes Haus geworden sei. Das freute Margrét, und am liebsten hätte sie ihm gesagt, dass es noch viel schöner werden könnte, wenn sie die Brüder endlich loswürden. Doch sie hielt sich zurück. Irgendwann würden sie schon gehen.

Sie hatte sich vorgestellt, eine Stelle in einem guten Haus zu bekommen, hatte auch eine Empfehlung vom Brekka-Bauern, doch sie bekam nirgendwo einen Fuß in die Tür. Musste den nächsten Saisonwechsel abwarten. Bis dahin half sie beim Salzfisch mit – und endete schließlich doch als Tagelöhnerin.

Im späten Herbst bekam sie Nachricht vom Lande: einen Brief, den ein Junge, der aufs Gymnasium ging, ihr überbrachte. Jóhannes hatte sich am Tag, an dem sie und Þorfinnur aufgebrochen waren, in der Scheune erhängt. Er hatte Briefe an Margrét und seinen Bauern hinterlassen. Darin bat er darum, dass sein Eigentum an Margrét übergeben würde, nachdem die Beerdigung bezahlt sei. Mit ihr habe er es teilen wollen, und daran habe sich nichts geändert.

Margrét warf sich aufs Bett und weinte tagelang. Wälzte sich herum, den Brief in der Hand. Bis Þorfinnur ihn verbrannte. Er ermahnte sie, sich zusammenzureißen. Das könne jetzt keiner mehr ändern, langsam müsse mal Schluss sein. Da weinte Margrét noch bitterer. Hatte Jóhannes' Handschrift behalten wollen, die genauso unbeholfen, aber verlässlich war wie er selbst. Sie konnte den Brief auswendig und murmelte ihn im Bett weiter vor sich hin.

Dann überkam sie die Angst vor der Dunkelheit. Nach

Einbruch der Dämmerung konnte sie nicht mehr allein sein, sehnte sich die Tiere herbei und weinte um das Pferd, das Jóhannes ihr an ihrem letzten gemeinsamen Tag hatte schenken wollen. Doch Þorfinnur entschied, alles zu verkaufen und das Geld in Litlakot zu stecken. Er versprach ihr, eine Petroleumlampe zu kaufen, damit sie sich im Dunkeln nicht mehr fürchten müsse. Als das Geld endlich ankam, war nicht mehr viel davon übrig. Eine Petroleumlampe hatten sie bis heute nicht.

Jahr für Jahr erlitt Margrét Fehlgeburten. Sie glaubte, dass ein Fluch auf ihr liege, der die Kinder im Mutterleib sterben ließ. Derselbe Fluch, der auch Jóhannes in den Tod geführt hatte. Sie wollte ihr Vergehen wiedergutmachen, wusste aber nicht, wie. Sie ging zur Messe, war bei allen Kirchenfeiern dabei und erkor Jesus Christus zu ihrem Leitstern.

Als sich Þorfinnur eine schwere Verletzung zuzog, brach für Margrét endgültig eine Welt zusammen. Er baute gerade mit einigen anderen Handwerkern ein Lagerhaus und bekam einen schweren Balken an den Kopf. Konnte froh sein, noch mit dem Leben davongekommen zu sein. Margrét aber war nun endgültig überzeugt davon, dass der Fluch ihr Leben ruinieren würde. In dieser Situation zog Jóka bei ihnen ein; die Brüder hatten damals schon längst die Flucht ergriffen.

Jóka und Margrét waren Cousinen, hatten sich aber erst in Reykjavík kennengelernt. Jóka brauchte ein Dach über dem Kopf. Außerdem hatte sie Mitleid mit Margrét.

Þorfinnur beteuerte immer wieder, dass die quälenden Kopfschmerzen, unter denen er seit dem Unfall litt, ihn noch ins Grab bringen würden. Er sah kaum eine Besserung; für ihn gab es nur schlimme und noch schlimmere Tage. Der Arzt meinte, dass es mit der Zeit besser werden müsste, wenn er sich schone. Doch sobald er etwas anpacken und tüchtig sein wollte, übermannte ihn der Schmerz. Zum Abend hin fühlte er sich meist besser; dann besserte sich auch seine Laune, und er ging an die frische Luft. Bei dem Unfall hatten auch seine Augen etwas abbekommen: Sein Sehvermögen nahm rasant ab, inzwischen war er auf dem linken Auge fast blind.

Oft versuchte er, sich mit seinem schwachen Augenlicht und den morgendlichen Schmerzen herauszureden, was ihm aber nicht alle abkauften. Auch Jóka meinte, ihn zu durchschauen. Warum ging es ihm abends immer besser? Wie konnte er seine Frau so schuften lassen, während er selbst die Matratze platt lag? Jóka und Þorfinnur gerieten immer wieder aneinander, und keiner von beiden gab nach. Er fand Jóka frech. Sie dagegen meinte, dass ihre Cousine eine schlechte Partie gemacht hätte. Am liebsten hätte er sie rausgeworfen, aber das ließ Margrét nicht zu. Sie war mit Jóka verwandt, außerdem zahlte sie ihnen eine kleine Miete und trug einiges zum Haushalt bei. Und dann, eines schönen Tages, standen Guðfinna und Stefanía vor der Tür.

11

Anna wollte Guðfinna helfen, Kontakt zum Arzt herzustellen. Er war auf dem Land, wurde aber bald zurückerwartet. Doch dabei beließ sie es nicht: Sie besuchte Stefanía mit einer dänischen Hebamme, in die sie großes Vertrauen setzte. Versprach, mit dem Arzt zu kommen, sobald er zurück sei.

Die Hebamme war mit einem Isländer verheiratet und sprach gut Isländisch. Sie setzte sich zu Stefanía ans Bett und wollte alles über ihren Zustand erfahren, tastete sie ab, drückte an verschiedenen Stellen und sagte, dass sie den Kopf hochlegen, am besten sogar im Bett sitzen solle. Das erleichtere die Blutzirkulation.

Nachdem sie einen Schluck Kaffee getrunken hatte, holte die Hebamme noch eine Freundin dazu. Die hatte den ganzen Sommer über Kräuter gesammelt, vor allem auf der Öskjuhlíð, der Anhöhe südöstlich der Stadt. Daraus stellte sie einen Sud und Salben her. Die Kräuterfrau gab Stefanía einen Trunk, den sie täglich zu sich nehmen sollte, bis es ihr besser ging. Außerdem ließ sie ihr einen heilenden Balsam für ihre trockenen, vom vielen Waschen völlig aufgerissenen Hände da. In der Zwischenzeit lief Anna nach Hause und holte ein dickes Kissen, das sie Stefanía in den Rücken schob.

Als Guðfinna einige Tage später von einem Waschtag nach Hause kam, saß Stefanía ganz verheult im Bett. Guðfinna erschrak. War dies das lebensfrohe Mädchen, das vor knapp einem Jahr voller Erwartungen nach Reykjavík gezogen war? Sie war zwar dünner geworden und hatte Ringe unter den Augen, aber ihr Haar war immer noch schön und voll gewesen. Doch was war mit ihren langen Zöpfen passiert? Stefanía wiegte sich weinend vor und zurück und hielt sich die Zopfstummel.

«Gib mir den Kamm», schluchzte sie. Sie fuhr sich wieder und wieder durchs kurze Haar und versuchte, sich zu beruhigen. Guðfinna saß auf der Bettkante und wartete.

«Er wollte die Haare haben. Meinte, dass ich doch sowieso nicht mehr rausgehe. Er brauchte Geld, und ich schulde ihm noch die Miete … Da ist ein Schiff mit Russen, die Haare kaufen», wisperte sie. Immer noch wurde sie von Schluchzern geschüttelt.

«Þorfinnur?», stammelte Guðfinna schließlich. Stefanía nickte.

Guðfinna wurde schwindelig vor Wut, und das Blut donnerte in ihren Ohren.

«Den bringe ich um!», flüsterte sie so leise, dass Stefanía es kaum hörte.

«Nein!», schrie sie auf. «Das darfst du nicht tun! Das ist er nicht wert. Das musst du mir versprechen!»

«Dieser Nichtsnutz, der würde für seinen Schnaps alles verscherbeln», fauchte Guðfinna.

«Du kommst ins Gefängnis. Daran darf ich gar nicht denken, liebste Guðfinna. Hör auf mich!»

Guðfinna nahm sich zusammen, umarmte Stefanía und wiegte sie wie ein Kind.

«Keine Angst, ich mache keine Dummheiten. Und weißt du, dein schönes braunes Haar wird wieder wachsen. Im Sommer kannst du dir schon wieder Zöpfe flechten.»

Stefanía antwortete nicht, sondern weinte weiter, bis sie schließlich einschlief. Guðfinna blieb auf der Bettkante sitzen und kochte vor Wut. Dem würde sie es noch zeigen! Als Jóka und Margrét nach Hause kamen und sahen, was passiert war, schlichen sie auf leisen Sohlen durch die Hütte. Þorfinnur ließ sich nicht blicken.

Am nächsten Morgen ging Guðfinna nicht zu den Quellen, sondern blieb zu Hause. Weder sie noch Stefanía beachteten Þorfinnur, wenn er sie ansprach. Sie reagierten einfach nicht, bis er sich endlich trollte. Guðfinna saß bei Stefanía am Bett und erzählte, erzählte von ihrer Wanderung nach Reykjavík, vom Skólavarðan und der Aussicht dort oben, und sie zählte alles auf, was es in den feinen Geschäften zu kaufen gab. Erzählte von Hoffnungsland. Sie waren allein, Stefanía lächelte matt und schlummerte ein, als es zu dämmern begann.

Auch in den nächsten Tagen ging Guðfinna nicht aus dem Haus. Wollte Stefanía nicht mit Þorfinnur allein lassen. Sie merkte, dass Stefanía immer weiter abbaute. Inzwischen kam sie ihr wie ein Kind vor. Guðfinna sang Lieder und erzählte Geschichten, wie damals auf dem Pfarrhof.

Zum Besuch des Arztes kam es nicht mehr. Am vierten Tag erbrach Stefanía noch mehr als sonst. Dann bekam sie einen Hustenanfall, lief blau an und rang um Atem. Guðfinna hielt sie im Arm, als sie starb.

Guðfinna schloss ihr die Augen, erwärmte Wasser und wusch sie. Machte alles ganz sorgfältig. Stefanía sollte sauber und fein auf die Reise gehen. Von der guten Seife war immer noch etwas übrig. Sie bekreuzigte ihre Freundin und zog ihr das Unterhemd an. Dann den Unterrock, der ziemlich zerschlissen war, aber sie hatte nichts Besseres. Sie musste sich beeilen, denn Stefanías Körper wurde schon steif. Zog ihr die kurze Jacke über, ihren Rock, und steckte ihr das Seifenstück in die Tasche. Sie selbst hatte noch ein paar heile Socken, die sie ihr anzog, dann kämmte sie ihr das kurze Haar. Holte das feine Tuch hervor, das die Pfarrersfrau ihr damals geschenkt hatte, legte es Stefanía um die Schultern und faltete ihr die Hände.

Es war gut, diese letzten Stunden mit Stefanía allein zu haben. Die ganze Zeit sang und erzählte Guðfinna weiter. Redete Stefanía gut zu, die Reise zu genießen, auch wenn sie sie allein antreten müsse. Dass sie sich nicht überanstrengen solle, zwischendurch mal eine Pause einlegen und sich umschauen. Lachen! Und sie bat Stefanía, sie später in Empfang zu nehmen, wenn sie nachkomme.

Sie schlug die Bibel auf und las Stefanía ihre liebste Stelle vor. Sprach das Vaterunser und alle Gebete. Sie konnte einfach nicht aufhören zu reden.

Als sie schließlich doch schwieg, brach es über sie herein und sie weinte ohne Unterlass.

12

Ohne Annas Hilfe hätte Guðfinna die nächsten Tage nicht überstanden. Sie unterstützte sie und leitete sie an, mild, aber bestimmt. Anna, die bereits ihren Mann und zwei Töchter beerdigt hatte, wusste, was zu tun war.

Guðfinna ertrug die Vorstellung nicht, dass Stefanía wie eine Bedürftige verscharrt wurde. Sowohl auf dem Land als auch in Reykjavík hatte sie gearbeitet und es verdient, anständig begraben zu werden. Wie sie das bezahlen sollte, stand auf einem anderen Blatt. Doch Guðfinna scheute sich nicht vor der Arbeit. Würde mit der Zeit alle Schulden abbezahlen. Wenn man ihr nur ein wenig Zeit gab.

Margrét wollte Kaffee für die Sargträger und andere bereiten, die in Litlakot vorbeischauten. Ihr gab diese schwierige Situation Kraft. Stefanía war in der Stube aufgebahrt und sollte nach der kurzen Abschiedszeremonie im trauten Kreis von dort aus zur Kirche getragen werden. Margrét bat Guðfinna, zum Kaufmann zu gehen und einige Backzutaten zu holen, denn sie wollte kleine, dicke Pfannkuchen und Schmalzgebäck machen. Guðfinna hoffte inständig, dass Þorfinnur nicht schon Margréts ganzes Guthaben vertrunken hatte. Zum Glück stellte sich ihre Befürchtung als unnötig heraus.

Überhaupt verhielt sich Þorfinnur seit der Sache mit Stefanías Haar tadellos. Er ging jeden Tag zur Arbeit und hielt sich möglichst wenig zu Hause auf. Guðfinna ignorierte ihn immer noch, genau wie Jóka, und Margrét versuchte, ihm so wenig Beachtung zu schenken wie möglich. Am Anfang war er noch zornig gewesen, aber dass niemand darauf einging, verunsicherte ihn, und mit der Zeit wurde er ganz demütig. Voll Reue. Als der Sargdeckel geschlossen wurde, weinte er sogar. Doch Guðfinna vermutete, dass er das nur tat, um Aufmerksamkeit zu erregen.

Da sie sich nicht vorstellen konnte, dass Þorfinnur den Sarg zur Kirche trug, wandte sie sich an Anna, die ihr versprach, sich um die Sargträger zu kümmern. Einer davon war Sæmundur, ihr Verwandter, der später auch noch einen Psalm an Stefanías Sarg sang, so schön, dass alle Kirchenbesucher in Tränen ausbrachen. Als die Männer das Grab aushoben, ließ Anna ihnen Kaffee und belegte Brote bringen.

Am Tag der Beerdigung war Guðfinna müde und ausgebrannt. An den zwei Tagen davor war sie noch bei den Quellen gewesen, da sie vor lauter Kummer und Angst nicht hatte schlafen können und froh war, sich mit der Arbeit abzulenken. Als sie zur Kirche liefen, nachdem der Pfarrer einige Worte in Litlakot gesprochen hatte, brach auf einmal die Sonne hervor. Als wollte sie die Wolken vertreiben, um Stefanía eine Freude zu machen. Vor den Geschäften hingen die Fahnen auf Halbmast. Das freute Guðfinna besonders, denn Stefanía hatte oft erwähnt, wie schön sie diesen Brauch fand. Wenn sie doch hätte sehen können, dass die Fahnen nun ihr zu Ehren auf Halbmast hingen!

Wenn Guðfinna später versuchte, sich an die Beerdigung zu erinnern, sah sie alles wie durch Nebel, und es rauschte in ihren Ohren. Hatte der Pfarrer gut gesprochen? Waren viele Leute in der Kirche gewesen? Wer hatte anschließend noch Kaffee und Schmalzgebäck bei ihnen getrunken und gegessen? Sie erinnerte sich an nichts mehr, obwohl sie doch dabei gewesen war. Ließ sich alles noch einmal von Jóka und Margrét erzählen. Nur ans Glockenläuten am Friedhof erinnerte sie sich noch und daran, wie der Sarg in der Tiefe verschwand. Sie hörte noch die Erde auf den Deckel fallen. Fühlte, dass Stefanía endgültig fort war.

Margrét sagte, dass die Beerdigung schön gewesen sei, dass viele Leute in Litlakot vorbeigeschaut hätten. Sie hatte es bei Kaffee und Gebäck belassen und nichts Stärkeres angeboten. Þorfinnur war überaus freundlich zu allen und vollkommen nüchtern gewesen – bis er am Abend seinen Kummer im Schweinestall ertränkte.

Jóka beteuerte, dass die Kirche voll gewesen sei, vor allem seien viele Frauen da gewesen. Engel-Anna, Rustíkus, Jón, der Tote, und viele andere Wasserträger hätten ihre Eimer stehen gelassen und Stefanía auf ihrem letzten Weg begleitet. Jón, dem Toten, sei es zwar schwergefallen, so lange still zu sitzen, und er sei summend durch die Kirche gewandert, aber daran habe sich niemand gestört.

Auch wenn sie vieles nicht mehr so genau wusste, meinte Jóka, dass der Pfarrer gut gesprochen habe. Sagte, dass sie es nie hinbekomme, den gesegneten Pfaffen zuzuhören, weil sie immer wieder abschweife und an etwas anderes denke.

Schon merkwürdig, aber sobald diese Leute zu sprechen begännen, wandere sie in Gedanken ostwärts auf die Jökuldalsheiði und komme erst wieder zurück, wenn die Predigt vorbei sei. Meinte, dass das an ihr liege und nicht an den Pfarrern.

Laut Anna hatte der Pfarrer aus dem elften Kapitel des Johannesevangeliums gelesen und über die Stelle gesprochen, als Martha Jesus entgegenläuft, während Maria zu Hause wartet. Martha wirft ihm vor, nicht früher gekommen zu sein, weil dann ihr Bruder nicht gestorben wäre. Doch Jesus versichert ihr, dass der Bruder auferstehen werde, und sagt: *Ich bin die Auferstehung und das Leben. Wer an mich glaubt, der wird leben, ob er gleich stürbe, und wer da lebet und glaubet an mich, der wird nimmermehr sterben.*

Guðfinna schwieg. Wenn der Pfarrer schon über die Schwestern Martha und Maria gesprochen hatte, warum hatte er dann nicht die andere Geschichte gewählt? Stefanía wäre sicher von Jesus angetan gewesen und hätte sich zu ihm setzen und lernen wollen. Sie war immer so offen und interessiert gewesen. Lukas, Kapitel zehn, hätte viel besser zu ihr gepasst …

Aber der Pfarrer konnte natürlich nicht wissen, was sie dachte, und sie hatte ihm auch keinen Vorschlag gemacht. Anna jedenfalls war zufrieden, fand, dass alles gut gelaufen war, und steuerte noch etwas zu den Bestattungskosten bei. Sagte, dass sie das für ihre Verwandte tue, Stefanías Ziehmutter, die der Herr viel zu früh zu sich geholt habe. Und auch für Stefanía, das liebe Mädchen, das sie tief in ihr Herz geschlossen hatte.

Schließlich drückte sie Guðfinna fest an sich und sagte, dass sie sie nicht vergessen solle. Bat sie, hin und wieder auf Sveinsbær vorbeizuschauen. Sie wolle nicht auch noch Guðfinna verlieren. Die nickte und umarmte Anna, brachte aber kein Wort heraus. War unfassbar müde.

In den nächsten Tagen und Wochen nahm Guðfinna jede Arbeit an, die sie kriegen konnte. Schleppte sogar Kohlen. Wusste, dass Stefanía das nicht gewollt hätte, machte es aber trotzdem. Obwohl sie so erschöpft war, spendete die Arbeit ihr Trost. Half ihr, zu vergessen.

Bei gutem Wetter geht Guðfinna auf den Friedhof. In der Abendstille besucht sie Stefanía und erzählt ihr, was sie gerade beschäftigt. Das vertreibt die Einsamkeit.

Einmal, als Guðfinna den Friedhof verließ, traf sie auf Sæmundur, Annas Verwandten. Er war gerade auf dem Heimweg, machte aber noch einmal kehrt, um Guðfinna nach Hause zu begleiten. Sagte, dass die paar Minuten auch keinen Unterschied machten. Er erzählte, dass er inzwischen eine Haushälterin gefunden habe und hoffe, dass nun alles besser werde. Guðfinna bedankte sich noch einmal für seinen Gesang bei Stefanías Beerdigung. Erinnerte sich selbst zwar nicht mehr daran, hatte aber gehört, dass es den Leuten gefallen hatte. Er küsste Guðfinna auf beide Wangen und hielt sie vielleicht ein bisschen zu lange fest. Sie wusste nicht, wie sie das finden sollte, und war auch zu müde, um darüber nachzudenken. Dann verabschiedete sie sich und ging ins Haus.

Guðfinna fällt es schwer, zu glauben, dass noch kaum ein Jahr vergangen ist, seit sie und Stefanía nach Reykjavík gekommen sind. Dafür ist einfach zu viel passiert. Was wird aus ihr werden, wenn sie es schafft, die Beerdigungsschulden abzuzahlen, und sie wieder ein freier Mensch ist? Eines steht fest: Zurück aufs Land geht sie nicht.

13

Aus Tagen werden Wochen und aus Wochen Monate. Guðfinna beobachtet aus der Ferne, wie sie verstreichen, und hat das Gefühl, mit nichts etwas zu tun zu haben. Morgens, wenn sie sich aus dem Bett quält, fällt ihr erster Blick auf Stefanías leeres Lager. Abends ist es das Letzte, was sie sieht, bevor sie die Augen schließt.

Als Þorfinnur den Schlafplatz wieder vermieten will, wehrt sich Margrét vehement dagegen, dass sich jemand in dieses Bett legt. Das habe keine Eile.

Es ist bereits Juni und sommerlich hell. Eines Tages klopft es an die Tür von Litlakot, ein «Grüß Gott» ist zu hören, dann wird wieder geklopft. Þorfinnur, der gerade aus der Zeitung vorliest, hält inne, und alle schauen auf.

«Tømmermester Þorfinnur Jónsson. Wohnt der hier?» Ein schlankes Mädchen mit langen, rabenschwarzen Zöpfen lugt in die Stube, dann wagt sie sich ganz herein und schließt die Tür. Alle starren sie an.

«Ja, das bin ich.» Þorfinnur lässt die Zeitung sinken und steht auf. «Und wer ist diese junge Dame, wenn ich fragen darf?»

«Þorfinnur, erinnerst du dich nicht mehr an mich?

Jónasína Pálsdóttir, deine Cousine vom Innra-Fell. Über drei Ecken jedenfalls. Die Leute im Norden lassen dich grüßen!»

«Sína! Du? Wie groß du geworden bist!»

«Ich war ja erst sechs, als du gegangen bist...» Sína prustet los.

«Du bist deiner Mutter Sólveig wie aus dem Gesicht geschnitten! Sie war die schönste Frau weit und breit.»

«Mama war nicht nur eine schöne, sondern auch eine gute Frau.» Sína umarmt Þorfinnur und drückt ihm einen Kuss auf die Wange.

Forsches Mädchen, denkt Guðfinna und beugt sich über ihre Stricknadeln. Ein Glück, dass Þorfinnur noch nicht unterwegs ist. Den Frauen etwas vorliest – und noch dazu nüchtern ist. Ein vorbildlicher Hausherr! Aus dem Augenwinkel beobachtet sie, wie Sína Margrét begrüßt.

«Und das hier ist Guðfinna, die Gelehrte unter uns, kann flüssig lesen», stellt Þorfinnur sie vor. Sie selbst muss nichts tun, außer dem Mädchen die Hand zu reichen. Sie hat das Gefühl, sie zu kennen. Ist sie nicht neulich mal bei den Quellen gewesen?

«Welch eine Ehre, das Hausmädchen vom Landvogt in Litlakot zu empfangen», fiepst Jóka und tätschelt Sína wie eine alte Bekannte.

«Wenn du das nächste Mal Wasser bringst, gibt's Kaffee mit Schuss!», quiekt Sína.

«Beim Landvogt höchstpersönlich! Da hast du ja das große Los gezogen!» Þorfinnur ist sichtlich zufrieden mit dieser Neuigkeit.

«Das große Los, sagst du? Wir werden sehen. Du jedenfalls brauchst keine Frauen mehr!» Fröhlich schaut Sína sich um.

«Eine hat uns gerade verlassen.» Das Lächeln verschwindet aus Þorfinnurs Gesicht. «Ein wunderbares Mädchen aus Flóinn. Gott habe sie selig.»

Guðfinna schnürt sich der Hals zu. Ihre Augen füllen sich mit Tränen, und sie verliert eine Masche. Dieser verdammte Heuchler. Sie kann Þorfinnur nicht vergeben, hat es noch nicht mal versucht.

«Dass ich den großen Tømmermester in so einer ärmlichen Hütte finde, hätte ich ja nicht gedacht.»

Irgendetwas an ihrem Tonfall bringt Guðfinna dazu, von ihrer Strickarbeit aufzuschauen. Sie sieht die dicken Zöpfe, die braunen Augen, und auf einmal hat sie das Gefühl, Stefanía vor sich zu haben. Jetzt lacht das Mädchen das so vertraute Lachen. Guðfinnas Hände zittern, und sie legt die Nadeln weg. Dieses hübsche Hausmädchen erinnert sie eindeutig an Stefanía.

Guðfinna hört zu, wie Þorfinnur ihr von dem neuen Haus erzählt, das er bauen will. Und wie er sie auf das Wäschegestell hinter Litlakot aufmerksam macht. So etwas hat sonst niemand – abgesehen von den reichen Leuten in der Stadt. Für seine Frauen habe er das gebaut, sagt er und lacht. Und dann reden die beiden über die alten Zeiten im Norden. Erinnern und amüsieren sich. Margrét gießt Kaffee auf, und Guðfinna sitzt still mit ihrem Becher da. Denkt an Stefanía. Denkt an die Stelle in einem vornehmen Haus, von der sie immer geträumt hat, an ihre Hoffnungen und Erwartungen. Wo sie jetzt wohl sein mag? Hoffentlich nicht allein.

Guðfinna kann ihre Augen nicht von dem Mädchen lassen. Schreckt auf, als Sína ruft:

«Jetzt muss ich mich aber beeilen! Die Haushälterin wartet sicher schon. Sie ist wie ein Geier hinter mir her, die Gute, überwacht alles, was ich tue.» Zum Abschied schüttelt Sína jedem Einzelnen die Hand. Guðfinna will sie am liebsten bitten, noch länger zu bleiben, weiß aber, dass das zwecklos wäre. Nimmt Sínas Hand mit beiden Händen.

Þorfinnur begleitet Sína. Guðfinna braucht noch eine ganze Weile, um sich zu beruhigen, hat das Gefühl, dass Stefanía ganz nah ist. Dass sie mit Jónasína Pálsdóttir aus dem Norden gekommen ist. Hofft, dass das Mädchen sie bald wieder besuchen kommt.

Dann verdrückt sich auch Jóka. Will nach dem Wetter gucken, wie sie behauptet. Wozu dieses Getue? Alle wissen, dass sie auf direktem Wege in den Schweinestall verschwindet. Dort lässt sie den Großteil dessen, was sie verdient. Sie träumt von einer warmen Decke, die sie über sich breiten kann. Nachts ist es oft bitterkalt. Und sie sagt auch, dass sie hungrig ist, obwohl sie oft zu essen bekommt, Reste aus den feinen Häusern, wenn sie Wasser und Neuigkeiten bringt. Geschichten werden gut belohnt. Manchmal geht Guðfinna Jókas Gejammer auf die Nerven. Aber sie war gut zu Stefanía, das ruft Guðfinna sich in Erinnerung, wenn sie wütend wird.

Þorfinnur fährt Jóka manchmal heftig an. Reibt ihr unter die Nase, dass sie sich durchaus etwas zu essen kaufen könnte, wenn sie nicht alles für Branntwein ausgeben würde. Doch Jóka ist schlagfertig, in der Hinsicht kann Þorfinnur ihr nicht das Wasser reichen. Er kriegt zu hören, dass sie ihr eigenes Geld vertrinke, er hingegen das Einkommen seiner Frau. Und dann fragt Jóka, ob sich der Zimmermannsvirtuose denn nicht mal Arbeit beschaffen wolle. Oder ob ihm der Kopf mal wieder zu schaffen mache. In der Regel enden diese Szenen damit, dass Þorfinnur hinausstürmt und die Tür hinter sich zuknallt.

Margrét scheint nach Stefanías Tod wieder ihre Sprache verloren zu haben. Guðfinna versucht, freundlich zu ihr zu sein, aber auf die Dauer ist es schwierig, mit jemandem zu reden, der nie antwortet.

14

Durch die Hintertür schlüpft Jóka ins Haus des Landvogts. Als sie hört, dass es in der Küche eine Auseinandersetzung gibt, hält sie inne. Sínas schrille Stimme ist zu hören:

«Wenn Sie glauben, dass ich den Kognak unterm Rock aufbewahre, ist das ein Missverständnis, Herr Landvogt.»

«In diesem Hause bestimme immer noch ich, wo der Kognak aufbewahrt wird», keucht der Landvogt.

«Ich will nicht ...»

«Mädchen, soweit ich weiß, hat man Sie angestellt, damit Sie diverse vertretbare Hausarbeiten verrichten», poltert der Landvogt, und Jóka hört, dass etwas umgestoßen wird. Sie knallt laut die Außentür zu, steckt den Kopf durch die Küchentür und ruft:

«Gott zum Gruße! Puh, saukalt ist es heute. Hier kommt frisches Wasser!»

«Was willst du, altes Weib?»

«Nichts anderes, als den Landvogt wissen lassen, dass frisches Wasser im Fass ist. Heute Morgen hat man mich um zwei zusätzliche Eimer gebeten.» Jóka guckt verschmitzt.

Der Landvogt klopft sich unsichtbaren Staub von der Jacke, läuft hin und her, dann stürmt er aus der Küche und befiehlt: «Und Sie kommen gleich mit dem Kognak!»

«Lauwarm aus dem Keller, Herr Landvogt!», ruft Sína ihm hinterher.

Sie hebt einen Stuhl auf, der auf dem Boden liegt, richtet ihre Schürze und streckt die Zunge heraus. Immer wieder.

«Ist was passiert?»

«Ach, nur die übliche Geilheit der feinen Herren.» Sínas Stimme ist noch ganz aufgeregt, und ihre Hände zittern. «Setz dich einen Augenblick zu mir und trink einen Schluck Kaffee. Mit einem Schuss Kognak. Ich will jetzt nicht allein sein.»

«Danke, Sínakind. Das vertreibt die Kälte.»

Sína reicht Jóka einen Becher Kaffee und gibt den Kognak dazu. Setzt sich hin und löst einen ihrer Zöpfe, der im Eifer des Gefechts durcheinandergeraten ist. Flicht ihn neu.

«Ah, das wärmt!» Jóka strahlt übers ganze Gesicht. «Bei dieser nassen Arbeit da draußen friert man bis auf die Knochen.» Sie hält Sína ihren Becher ein zweites Mal hin.

«Auch jetzt im Hochsommer ist dir kalt?»

«Wir Wasserträger sind immer nass. Ich träume von Wärme – solange ich denken kann, friere ich. Haben sie gute Decken, der Landvogt und das Fräulein Haushälterin?»

«Ich gehe davon aus.»

«Die Decken von Kaufmann Pøren werde ich nie vergessen. Einmal, als ich sein Bett gemacht habe, kam er zu mir. Seine Frau war in Kopenhagen. Das waren Daunendecken, groß wie Häuser, leicht wie Spinnweben und so warm, so wunderbar warm …» Jóka kommt ins Träumen und hört Sínas Frage erst, als sie sie zum zweiten Mal stellt:

«Aber danach hast du bestimmt irgendetwas Schönes besessen, oder?»

«Was soll ich schon besessen haben? Aber immerhin habe ich mir dadurch meine Existenz in Reykjavík gesichert und musste nicht zurück aufs Land.»

«Der Alte ist ständig hinter mir her.» Sína löst auch noch ihren anderen Zopf. «Und dem Fräulein kann man es nie recht machen. Außerdem spricht sie nur Dänisch und isst Kartoffeln.»

«Wirklich?»

Als besagtes Fräulein den Kopf in die Küche steckt, ist Jóka beim dritten Becher und hat sich einigermaßen aufgewärmt. Sína hat ihr Haar wieder in Ordnung gebracht und fühlt sich schon wieder etwas besser, nachdem sie Jóka ihr Leid geklagt hat.

Als das Fräulein Jóka und die Kognakflasche auf dem Tisch sieht, baut sie sich in der Tür auf und lässt einen Redeschwall los. Jóka, die nicht viel davon versteht, macht sich zum Aufbruch bereit. Muss noch einige Häuser mit Wasser versorgen, bevor sie nach Hause kann.

«Siehst du, so führt sie sich immer auf», jammert Sína. «Ist es da verwunderlich, dass ich hier wegwill?»

«Kopf hoch, Mädchen, und komm uns bald wieder in Litlakot besuchen!» Jóka lächelt ihr aufmunternd zu, bevor sie sich aus dem Staub macht. Sie ist beschwingt und freut sich schon auf die Belohnung, wenn sie diese Geschichte herumerzählt. Der Landvogt ist nirgendwo gut angesehen, und über das Fräulein machen sich ohnehin alle lustig …

Welch eine Freude es doch ist, als Sína mit der Wäsche des Landvogts zu den Quellen kommt. Sie steuert direkt auf

Guðfinna zu. Die schaut sich einmal kurz um, doch Matthildur scheint nicht da zu sein, dann besteht keine Gefahr. Sie gibt Sína ein Zeichen, ihren Bottich direkt neben ihrem abzustellen. Matthildur, die meist früh kommt, regt sich immer furchtbar auf, wenn sich jemand an ihrem Stammplatz breitgemacht hat. Vor allem neue Frauen bekommen dann ihre Wut zu spüren; werden fortgejagt. Manchmal kippt sie sogar deren Bottich mit der frischen Wäsche um. Einmal ist Guðfinna dazwischengegangen, als ihr Matthildurs Wüten zu heftig wurde. Seitdem ist Matthildur alles andere als gut auf sie zu sprechen.

Das Wetter ist wunderbar, und Guðfinna hilft Sína, die Kleider zum Trocknen auf den Steinen auszubreiten. Der Tag verfliegt nur so, fast ist es, als wäre Stefanía wieder da. Guðfinna streckt ihren Rücken und schaut zu den Bergen ringsum, die sie schon lange nicht mehr so schön gefunden hat.

Gemeinsam machen sie sich auf den Rückweg. Als sie eine Pause einlegen, um kurz zu verschnaufen, klagt Sína:

«Der Alte lässt mich einfach nicht in Frieden. Seine Geilheit macht mich noch ganz fertig. Und das Fräulein schnüffelt mir ständig nach. Die Hexe denkt doch tatsächlich, dass ich darauf lauere, zu diesem Esel ins Bett zu kriechen. Den kann sie ruhig für sich behalten!»

Mit finsterer Miene stapft Sína wieder los. Guðfinna muss an Stefanía denken. An ihren Traum von einer Stelle in einem vornehmen Haus und wie überzeugt sie davon war, dass dann all ihre Sorgen der Vergangenheit angehören. Jetzt ist sie froh, dass Stefanía diese Enttäuschung nicht erleben musste. Dass sie nicht wusste, wie schlimm das sein kann. Natürlich ist es nicht überall so. Aber auch da hätte sie Pech haben können. Auf einmal fällt Guðfinna so manches wieder ein, Zwischenfälle aus ihrer Zeit auf dem Land, an die sie nicht mehr gedacht hatte.

Sína und Guðfinna verabreden, sich bald wiederzusehen. Wenn nicht an den Quellen, dann in Litlakot.

Einige Abende später steht Sína mit ihrem Bündel in der Tür. Sie lächelt matt und fragt, ob in Litlakot eine Magd gebraucht wird. Dann bricht sie in Tränen aus. Þorfinnur begreift als Erster die Lage, breitet die Arme aus und bittet sie herein. Sorgt dafür, dass sie sich hinsetzt. Auf einmal scheint Leben in Margrét zu kommen.

«Du kannst bei uns bleiben», sagt sie und streicht ihr über den Rücken, etwas unbeholfen, aber herzlich. Da weint Sína noch heftiger.

«Setz den Kessel auf, Weib!»

«Ich mache das.» Guðfinna steht auf und holt Wasser aus dem Fass. Jóka ist gerade vom Wassertragen nach Hause gekommen und hat zwei Eimer mitgebracht. Das macht sie meist am Feierabend.

In der Stube ist nichts außer Sínas unterdrücktem Schluchzen zu hören. Þorfinnur und Margrét sitzen neben ihr, und Margrét streichelt ihre Hände. Jóka platzt beinahe vor Neugier, hält sich aber zurück.

«Sie haben mich rausgeworfen», stößt Sína schließlich hervor. Endlich hat sie aufgehört zu weinen.

«Diese Heuchler», flüstert Margrét.

«Ach, ich musste sie einfach ärgern. Ich war es so leid. Aber ich bin wohl etwas zu weit gegangen.»

Wieder herrscht Stille; Jóka fällt es sichtlich schwer, sich zu zügeln.

«Nach dem Essen sollte ich ihnen Kaffee und Kognak bringen.»

«Und?» Jóka hält es nicht mehr aus.

«Na, sie hat mich gebeten, die *kopper* zu bringen, und das habe ich gemacht.» Das Grinsen auf Sínas Gesicht verwandelt sich in ein Lachen. Dann prustet sie los.

«Ihr hättet ihre Gesichter sehen müssen, als die *koppar* auf den Tisch gesegelt sind. Auf dem feinen Tablett von Fräulein Madsen.»

«Was? Du hast es wirklich gewagt, ihr statt Tassen die Nachttöpfe zu servieren?»

«Warum muss sie auch immer Dänisch sprechen? Ist doch nicht meine Schuld, dass *kopper* und *koppar* so ähnlich klingen!»

Die Wände von Litlakot beben. Sie können nicht mehr aufhören zu lachen. Guðfinna erschrickt. Wann hat sie zuletzt gelacht? Sie kann sich nicht mehr daran erinnern. Aber das tut so gut in der Brust. Sie hat das Gefühl, etwas losgeworden zu sein.

«Stonehill, der englische Pferdehändler, der immer so freundlich guckt, war gerade zu Besuch und hat sich köstlich amüsiert», zwitschert Sína. «Der Dichter hat sich zurückgehalten, der kleine, griesgrämige, der abends oft vorbeikommt. Aber ich glaube, er hätte auch gern gelacht. Der Sekretär war wie ein Hund, hat nur auf den Boden geguckt. Wollte sicher den Landvogt nicht beleidigen. Das Fräulein ist violett angelaufen, ihr ganzes Gesicht ist angeschwollen. Dann hat sie gesagt, dass ich auf der Stelle das Haus verlassen soll. Der Landvogt auch. Also habe ich meine Sachen zusammengesucht, und da bin ich nun.»

Sína muss die Geschichte wieder und wieder erzählen. Und jedes Mal wird gelacht. Jóka kann ihre Freude nicht verbergen. Freut sich schon darauf, die Geschichte weiterzuerzählen. Kann den nächsten Morgen kaum erwarten.

«Ich habe nichts anderes getan, als sie mir aufgetragen hat!»

Sína scheint sich wieder gefangen zu haben und zieht in Stefanías Bett. Guðfinna ist glücklich. Dieses fröhliche Mädchen wird Leben ins Haus bringen, und Guðfinna will dafür sorgen, dass sie alle gut miteinander auskommen. Aber Stefanías Platz wird Sína nicht einnehmen.

15

Die Geschichte von den Nachttöpfen verbreitet sich wie ein Lauffeuer in der Stadt. Die Leute erzählen sie um die Wette weiter, und Sína ist keine Unbekannte mehr. Manche nennen sie die Töpfchen-Sína. Sína selbst weiß nicht so recht, was sie von ihrem plötzlichen Ruhm halten soll, aber sie genießt ihn.

In Litlakot hängt sie Gardinen vor das Stubenfenster, möchte sich dafür erkenntlich zeigen, dass sie so herzlich aufgenommen worden ist. Sie hat ein helles Stück Stoff vom Landvogt mitgebracht, das für das kleine Fenster reicht. Hat schon dort angefangen, es zu besticken. Es mit Blüten zu verzieren, wie das Fräulein. Hat sich eine Nadel gekauft und buntes Garn, aber nur ganz wenig, weil das so teuer ist. Sie ist zwar nicht besonders geübt im Sticken, weiß aber, wie Gardinen aussehen müssen, und es macht ihr Spaß. Sie möchte es ihnen schön machen in Litlakot. Hat Lust, noch mehr zu nähen. Genießt es, dass Margrét und die anderen sich so darüber freuen.

Einiges in diesem Haus kommt ihr allerdings merkwürdig vor. Warum arbeitet Þorfinnur nur so selten? Wirklich krank sieht er nicht aus. Schon morgens fängt er an zu nörgeln und will seine Ruhe haben. Sind die Frauen da, schleichen sie durchs Haus. Abends zieht er dann los. Margrét hingegen schuftet tagein, tagaus, ist wie sein Schatten und versucht immer, es ihm recht zu machen.

«Sie will unbedingt ein Kind haben, verliert es aber immer», antwortete Jóka spitz, als Sína einmal nachfragte. «Das liegt an der Schufterei. Sie müsste sich in der Schwangerschaft schonen, die Gute. Es würde ihr sicher besser gehen, wenn sie jemanden hätte, den sie umsorgen könnte. Sonst beschäftigt sie sich nur noch mit ihren Vorzeichen und dem Unsinn, den sie träumt. Ein kleines Kind wäre ein Geschenk Gottes, aber wenn sie sich immer so abmüht, wird sie nie eins behalten.»

«Und Þorfinnur?»

«Hat auf dem Bau was vor den Kopf bekommen und kann nicht mehr als Zimmermann arbeiten. Hat dann bei Kaufmann Madsen im Lager geholfen, musste aber aufhören, weil er ständig gesoffen hat. Seitdem macht er nicht mehr viel. Sie nennen ihn den Sultan von Litlakot, die Witzbolde, und glauben, dass die Weiber für ihn arbeiten. Schande! Ich tue das jedenfalls nicht.»

Sína hat Þorfinnur immer gern gemocht, schon als Kind. Aber das ist nicht ihr Þorfinnur. Der war anders. Manchmal wünschte sie sich, er wohnte nicht in Litlakot. Dann wäre alles viel leichter.

Þorfinnur ist damals den Sommer über bei ihnen im Norden gewesen. Wahrscheinlich hat er bei der Heuernte geholfen. Das war, als alles noch gut lief. Damals ist ihre Mutter noch nicht krank gewesen, und es kommt ihr so vor, als wäre den ganzen Sommer über nur gelacht worden.

Den Schmerz über den Tod ihrer Mutter spürt sie noch, als wäre es gestern gewesen. Sie weiß noch genau, wie sie sich bemüht hat, tapfer zu sein; sie war die Älteste, und alle meinten, dass sie stark sein müsse. Dass sie für ihre kleinen Geschwister und den Vater da sein und die Familie zusammenhalten müsse. Das tat sie auch, obwohl sie so erschöpft und todtraurig war. Eine Haushälterin nach der anderen kam und ging, bis der Vater eine von ihnen heiratete. Als sich diese Tonne in die Tracht ihrer Mutter quetschte und sich auch noch ihr feines Tuch umhängte, als wäre es ihres, war es mit der Freundschaft zwischen ihr und Sína aus.

Als Sína dann als Magd auf einen anderen Hof gehen musste, bekam sie furchtbares Heimweh. Ein Freund ihres Vaters verschaffte ihr dann die Stelle beim Landvogt und nahm sie mit nach Reykjavík. Ihr Vater meinte es sicher gut, sagte, dass sie in einem solchen Haushalt viel sehen und erleben würde. Inzwischen hat sie schon lange nichts mehr von zu Hause gehört.

Seit Sína eingezogen ist, tritt Guðfinnas Trauer immer mehr in den Hintergrund. Der Sommer neigt sich bereits seinem Ende zu, und Guðfinna und Sína laufen oft gemeinsam zu den Quellen. Sína kennt viele Leute, ist freundlich und unterhält sich gern, nur dem Landvogt und dem Fräulein geht sie aus dem Weg.

«Diese verdammte Plackerei», schnauft sie eines Abends. Sie sind auf dem Weg nach Hause, es dämmert bereits. Sind seit dem frühen Morgen auf den Beinen.

«Wenn dir das schon zu anstrengend ist, dann warte erst

mal den Winter ab. Da kann man wirklich von Plackerei sprechen», antwortet Guðfinna.

Auf einmal wird Sína ganz ernst und nachdenklich. Guðfinna erschrickt. Mag sich gar nicht vorstellen, dass Sína fortgehen könnte. Sie lächelt so aufmunternd, wie sie kann.

«Das wird schon, Sína. Dieses Jahr gibt es so gut wie keine Mäuse, und im Sommer ist kaum Wollgras gewachsen. Das deutet alles auf einen guten Winter hin.»

In der Stadt sind viele Leute unterwegs. Sína stellt ihren Eimer ab.

«Komm, wir schauen uns noch ein bisschen um, bevor wir nach Hause gehen. Guck mal, da kommt der Sekretär!»

Sie setzt ihren Bottich ab, streicht sich durchs zerzauste Haar und richtet sich auf. Beim Näherkommen lupft der Sekretär seinen Hut und lächelt Sína zu. Sie lächelt charmant zurück. Er wird langsamer, als wolle er etwas sagen, doch dann stolpert er und fällt beinahe hin. Fängt sich mit rudernden Armen, tippt noch einmal kurz seinen Hut an und eilt weiter.

«Ich glaube, er ist in mich verliebt», flüstert Sína und hat Mühe, sich das Lachen zu verkneifen. «Er hat mich immer angeguckt, wenn er beim Landvogt war. Manchmal hatte ich das Gefühl, dass er nur wegen mir gekommen ist.»

«Na klar, der würde dich sicher gern anfassen, wenn niemand guckt.»

«Nein, so einer ist er nicht. Er würde mich heiraten.» Sína strahlt übers ganze Gesicht.

«Du Traumtänzerin!»

«Ich würde dänische Kleider tragen und mit den feinen

Leuten tanzen. Jóka würde uns Wasser bringen und du unsere Wäsche mit zu den Quellen nehmen.» Sie hebt ihren nassen Rock an und tanzt über die Straße.

«Geht die Liebe mit dir durch, Jónasína Pálsdóttir?»

«Liebe!?» Abrupt bleibt sie stehen. «Du glaubst doch wohl nicht, dass ich ihn liebe! Man muss nicht lieben, wen man heiratet. Nebenbei hätte ich natürlich einen Geliebten. Vielleicht sogar mehrere ...»

Die beiden prusten los. Sína hat ihr das Lachen wieder beigebracht. Und Guðfinna genießt es, mit Sína zu lachen.

«Warum heiratest du nicht gleich den Landvogt? Dann kriegst du das Fräulein als Treuepfand!»

Sína hört auf zu lachen und schüttelt sich.

«Erinnere mich bloß nicht an die beiden! Komm lieber und tanz einen Walzer mit mir.»

Und sie dreht sich weiter mit ihrem nassen Rock im Kreis, ein Lied trällernd, das Guðfinna noch nie gehört hat. Vielleicht sind das die Jahre, die sie trennen, oder es liegt daran, dass sie selbst nie in einem feinen Reykjavíker Haus gearbeitet hat und gerade einmal weiß, was ein Walzer ist. Wie angewurzelt bleibt sie auf dem Rand des Bottichs sitzen – auf offener Straße zu singen würde ihr nie einfallen. Zu Sína hingegen passt das, sie ist jung und schön. Guðfinna kann die Augen nicht von ihr lassen.

«Es ist neun Uhr. Wir haben Windstille», ruft der Nachtwächter im Vorbeigehen. Sína hört auf zu tanzen und schaut ihm hinterher, dann setzt auch sie sich hin. Entdeckt die Seeleute ein Stück die Straße hinunter.

«Wie schön die sind, diese Franzosen. Siehst du den da?

Rabenschwarzes Haar und dunkelbraune Augen.» Sie zeigt auf einen der Männer.

«Aus der Entfernung erkenne ich nicht viel. Und außerdem dachte ich, du würdest für den Sekretär schwärmen.»

«Nicht heute Abend.»

«Irgendetwas an ihrem Blick gefällt mir nicht.» Guðfinna kneift die Augen zusammen und späht die Straße hinunter. «Sehen die mit ihren dunklen Gesichtern nicht verschlagen aus? Mir fehlt da etwas Helles, Freundliches. Ich wäre eher für den Sekretär, auch wenn er wie ein altes Weib wirkt.»

«Mein Vater ist gar nicht mein echter Vater.»

«Was sagst du da?»

«Den Richtigen habe ich nie zu Gesicht bekommen. Meine Mutter sagte immer, sein Haar sei wie Rabenflügel gewesen.» Sína streicht sich über die dunklen Zöpfe, und ihr Blick schweift in die Ferne. «Vielleicht war er Franzose oder Spanier. Sie hat nie mehr dazu gesagt. Deshalb habe ich irgendwann aufgehört zu fragen.» Ihre Stimme bricht, und sie schweigt.

Guðfinna erinnert sich an viele schöne Stunden mit ihrem Vater, bis das Meer ihn genommen hat. Erinnert sich noch so gut an ihn, blond und kräftig, mit demselben breiten Gesicht wie sie. Beim Gedanken an ihn wird ihr ganz warm. Sie spürt ihn so nah, dass sie eine Hand hebt, um ihm über die Wange zu streichen …

Herrje, jetzt müssen sie aber wirklich mal nach Hause. Guðfinna ist schon ganz steif. Als sie aufsteht, hält Sína sie fest.

«Siehst du, wie sie zu uns herübergucken? Diese Augen

sind wie dunkler Samt.» Sie hält Guðfinna immer noch am Rock fest.

«So gucken die doch alle Frauen an. Komm jetzt, Mädchen. Wir müssen die Wäsche noch fertig machen.»

«Mit dem da möchte ich mich unterhalten.»

«Du wirst doch wohl nicht mit einem wildfremden Mann anbändeln!» Guðfinna wird wütend. Wie kriegt sie diese Göre gebändigt? Wie bekommt sie das Mädchen nach Hause? Jetzt kommt der Teufel tatsächlich auf sie zu. Bleibt in einigem Abstand grinsend stehen und starrt Sína an.

«Er könnte mein Cousin sein!» Sína steht auf und streckt die Brust heraus.

«Dann bestell deinem Cousin schöne Grüße, denn ich bin jetzt weg», sagt Guðfinna und packt sich ihren Bottich. Der Mann will ihr helfen, das unhandliche Ding auf den Rücken zu binden, doch sie schüttelt ihn ab. Sie kocht vor Wut und ist noch energischer als sonst. Schnappt sich ihren Eimer und rauscht davon. Sieht aus dem Augenwinkel, dass Sína und der Franzose lachend über die Straße tanzen. In welcher Sprache sie sich wohl unterhalten? Sínas Bottich und ihr Eimer stehen einsam und verlassen da. Hoffentlich vertrödelt sie jetzt nicht auch noch ihre Wäsche. Das fehlte noch! Soll sie ihr den Bottich abnehmen? Nein, das ist ihre Wäsche. Ihre Verantwortung. Das muss sie lernen.

Guðfinna stürzt nach Hause, empört über Sína. Dabei weiß sie, dass ihr selbst ein bisschen von Sínas Fröhlichkeit guttun würde. Soll sie zurückgehen? Sich mit den Männern unterhalten? Sie werden schon nicht beißen. Manche können sogar ein paar Brocken Isländisch. Jóka spricht nur Isländisch mit ihnen, wenn sie Wasser holen, und das klappt meist ganz gut, sagt sie. Eigentlich wäre es doch ganz nett, sie mal kennenzulernen …

Ach, so ein Unsinn. Sie würde sich doch nur lächerlich machen. Was soll sie schon sagen, und Walzer tanzen kann sie auch nicht. Hat auch nicht vor, es zu lernen …

16

Sína hat die Liebe ihres Lebens gefunden, und die Sonne geht nicht mehr unter. Sie nennt ihn Valtýr, und er gehört zu dem französischen Segelboot Galoper.

Er ist ein dunkler Typ, wie Sína, aber deutlich größer als sie, und kommt sie in Litlakot besuchen. Als Margrét ihm die Hand hinhält, begrüßt er sie mit einem Kuss auf den Handrücken und nennt sie Madame. Er trägt einen Strickpulli und Holzschuhe. Bringt Kekse mit und strahlt übers ganze Gesicht. Margrét schwebt im siebten Himmel, einem so kultivierten Mann ist sie noch nie begegnet. Sie hat nur noch Augen für Valtýr und Sína. Þorfinnur ist ausnehmend freundlich, aber sichtlich auf der Hut. Er meint, eine gewisse Verantwortung für Sína zu tragen. Kann man diesen Ausländern vertrauen?

Valtýr erkennt Jóka wieder, die sich durchaus ihrer Schuld bewusst und der die Situation ein wenig unangenehm ist. Nicht nur einmal haben sie ihn von der Pumpe am Bakarastígur verjagt. Dementsprechend ist Jóka ungewöhnlich schweigsam.

«Mensch, wenn ich gewusst hätte, was für ein feiner Kerl das ist, hätte ich mich vielleicht auf seine Seite geschlagen», sagt sie nach seinem ersten Besuch. «Vielleicht versuche ich, ihm nächstes Mal zu helfen. Aber es gibt auch viele komische Vögel unter den Franzosen.»

An einem Abend singt er ihnen mit tiefer Stimme Lieder vor, die wunderschön klingen. Und ehe sie sich's versieht, singt Guðfinna vom Wald in Hoffnungsland. Was ist nur über sie gekommen? Valtýr applaudiert, möchte mehr hören und tanzt mit Sína durch die Hütte. Was für ein Abend! Sie glühen vor Freude, und Guðfinna hat beinahe das Gefühl, im Ausland zu sein …

Eines Tages erscheint Valtýr mit einem Bottich Wäsche an den Quellen. Als sie ihn kommen sieht, macht Sínas Herz einen Satz, und sie rennt ihm strahlend entgegen. Valtýr lässt alles fallen, nimmt Sína in den Arm und dreht sie im Kreis. Küsst sie übermütig und führt sie ritterlich zurück zu ihrem Platz. Guðfinna bekommt einen Handkuss zur Begrüßung. Dann lächelt er auch den anderen Waschfrauen zu, die sich aufgerichtet haben und durch die Dampfschwaden zu ihnen herüberstarren. So etwas hat es an den Quellen noch nicht gegeben. Nach dieser Szene fällt es den Frauen sichtlich schwer, sich wieder auf die Dreckswäsche zu konzentrieren.

Valtýr und seine drei Mitstreiter gehen zur östlichen Quelle. Die ist kleiner und kälter; Ausländer werden meist dorthin geschickt. Wie so oft bestimmt Matthildur, wo es langgeht. Als einer der Franzosen seinen Bottich neben ihr abstellen will, zeigt sie auf besagte Quelle.

«Geh du dorthin! Das ist mein Platz, Freundchen!»

Sie ist resolut, und der Franzose gehorcht ohne Widerworte, er versteht ihren Hinweis und hört am Tonfall, dass

Widerspruch zwecklos wäre. Sína hätte Valtýr gern bei sich, doch sie macht keinen Aufstand. Später trinken alle zusammen Quellenkaffee. Die Franzosen holen Kekse und Brote hervor, und die Frauen essen Fisch, den sie im heißen Dampf gegart haben. Am Abend laufen sie gemeinsam zurück in die Stadt. Die Seeleute singen, Guðfinna singt, und es wird viel gelacht.

Guðfinna sagt nicht viel, findet die Männer aber angenehm. Überhaupt nicht schroff, sondern einfach nur freundlich. Ob französische Männer so anders sind als isländische? In Frankreich Frau zu sein muss toll sein. Guðfinna möchte mehr über die Männer erfahren. Einer von ihnen zeigt Interesse an ihr. Sie kann seinen Namen nicht aussprechen und sagt daher einfach Jakob. Auch er hat Schwierigkeiten mit ihrem Namen und nennt sie Fína. Schafft es noch nicht einmal, Finna zu sagen!

Sie lachen. Sie, die geglaubt hatte, nicht mehr lachen zu können. Aber sie gibt Jakob zu verstehen, dass sie sich nicht mit ihm einlassen will. Er ist verdutzt, vielleicht auch ein bisschen beleidigt, aber er respektiert sie. Sie erinnert sich an einen Abend in Flóinn, an einen Mann, der sie blutjunges Ding einfach ignorierte, als sie ihn anflehte, aufzuhören.

Sie bemüht sich, freundlich und interessiert zu sein, und fragt, ob die Galoper bald zurück nach Frankreich segelt. Er hat mit Sicherheit nichts verstanden und antwortet mit einer langen Rede in seiner Sprache, von der Guðfinna nichts versteht.

Im Frühjahr, auf dem Weg nach Island, hatte ein großer Brecher die Galoper beschädigt. Sie hatten den kleinen Zweimaster notdürftig repariert, um den Sommer über fischen zu können. Aber seitdem ist die Galoper nicht mehr ganz zuverlässig gewesen. Jetzt liegt sie vor Anker, während man versucht, sie wieder hochseetauglich zu machen. Bald müssen die Männer heimwärts segeln. Sie kämpfen gegen die Zeit, müssen vor Einbruch des Winters loskommen. Auch Sína und Valtýr kämpfen gegen die Zeit, würden sie am liebsten anhalten.

17

Einmal tragen Guðfinna und Sína bei schönstem Sonnenschein Salz vom Hafen zum Lagerhaus, als der Engländer Stonehill mit einer Jolle von seinem Pferdeschiff kommt, das in der Bucht vor Reykjavík liegt. Sína und er begrüßen sich herzlich. Seit dem historischen Abend beim Landvogt haben sie sich nicht mehr gesehen.

Er wohnt im Hótel Reykjavík und reist herum, um Pferde zu kaufen, die er auf seinem Schiff nach Schottland bringen will.

Nachdem er Sína in den Arm genommen hat, reicht er Guðfinna die Hand und sagt etwas, das sie nicht versteht, lächelt und umarmt sie. Hält sie fest. Er verströmt einen starken Tabakgeruch, den Guðfinna gern riecht. Schon erstaunlich, wie Sína sich mit Ausländern unterhält, obwohl sie keine andere Sprache als Isländisch spricht. Normalerweise schreit der Vorarbeiter herum, wenn die Frauen stehen bleiben, doch diesmal tut er so, als wenn nichts wäre. Verbeugt sich vor Stonehill, weiß offenbar, mit wem er es zu tun hat.

Stonehill ist groß, hat helle Haut, gekräuseltes Haar, das anfängt, grau zu werden, früher aber mal rot gewesen sein muss, ein breites Gesicht und kräftige Hände, richtige Pranken. Mit Jakob und Valtýr, die deutlich jünger sind, kann er nicht mithalten, aber er wirkt gutmütig und vertrauenerweckend. Erinnert er Guðfinna an ihren Vater? Nachdenklich sieht sie ihn an und lächelt, ist überzeugt davon, dass er Geschichten erzählen und singen kann. Er sagt irgendetwas zu Sína. Dann gucken beide Guðfinna an, die tiefrot anläuft und den Blick senkt. Schließlich verabschiedet er sich und schreitet davon. Fröhlich stupst Sína Guðfinna an, die aus ihren Gedanken hochschreckt.

«Du gefällst ihm!» Da wird Guðfinna noch röter.

Am Nachmittag erscheint er wieder. Es stellt sich heraus, dass er doch ein paar Worte Isländisch kann. Er ist auf dem Weg zum Landvogt. Bietet Sína lachend seinen Arm an und will sie mitnehmen, doch sie lehnt vehement ab.

Am nächsten Tag sieht Guðfinna immer wieder auf die Bucht hinaus und hält nach seiner Jolle Ausschau. Als er endlich auftaucht, haben sie den Großteil des Salzes bereits ins Lager getragen. Er ist auf dem Weg zum Borgarfjörður, um Pferde zu holen. Guðfinna hat sich am Morgen große Mühe gegeben, ihr dünnes Haar zu flechten, und hofft, dass es noch nicht allzu zerzaust ist. Auch wenn sie natürlich weiß, dass Sínas Haarpracht konkurrenzlos ist. Er umarmt sie beide, und wieder riechen seine Kleider nach Tabak. Sína beteuert, dass er keinen Schnupftabak nimmt, sondern Zigarren raucht. In allen besseren Häusern rauchen die Männer Zigarren. Noch lange nach seinem Aufbruch hat Guðfinna diesen Duft in der Nase.

Als Valtýr eines Abends kommt, um sich zu verabschieden, sind alle niedergeschlagen. Margrét schenkt ihm ein Paar selbst gestrickte Strümpfe, worüber er sich sehr freut. Er küsst alle Frauen, nimmt Þorfinnur in den Arm und klopft ihm auf die Schulter. Schwingt eine lange Rede im Türspalt, die keiner versteht. Vielleicht sagt er, dass er im nächsten Sommer wiederkommt, vielleicht bittet er den Allmächtigen, ihnen den Winter über beizustehen. Vielleicht richtet er Grüße von Jakob aus.

Guðfinna sieht ihn an. Wie konnte sie ihn nur düster und verschlagen finden? Er ist herzlich und schön, und sie ist schon jetzt traurig, ihn nicht mehr durch diese Tür kommen zu sehen. Sína begleitet ihn zu seinem Boot, Þorfinnur verschwindet nach draußen, Jóka folgt ihm kurze Zeit später. Als Guðfinna sich schlafen legen will, hört sie Margrét weinen. Sie setzt sich zu ihr und legt einen Arm um sie.

«Er wird nie wiederkommen», seufzt Margrét.

«Warum sagst du das?»

«Dieser gute Junge geht ins Meer», flüstert sie schluchzend.

Ein kalter Schauder kriecht Guðfinna den Rücken hinunter. Sie hält Margrét fest umarmt und merkt, wie sie ruhiger wird. Denkt an die Vorzeichen, von denen Margrét kurz nach ihrem Einzug in Litlakot geredet hatte, und widerspricht ihr nicht. Wie oft hat sie schon überlegt, ob Stefanía wohl noch am Leben wäre, wenn sie auf Margrét gehört und sich eine andere Bleibe gesucht hätten. Sie weiß, dass sie nie eine Antwort darauf bekommen wird, und bittet Margrét, Sína zu verschonen. Ihr gegenüber nichts zu erwähnen. Dann holt sie ihre Bibel hervor und liest daraus vor, um Margrét und auch sich selbst zu beruhigen.

Es ist schon Morgen, als Sína sich ins Haus schleicht. Sie wirft sich in allen Kleidern aufs Bett und zieht sich die dünne Decke bis über den Kopf. Am nächsten Tag ist von der Galoper nichts mehr zu sehen.

18

Es regnet ohne Unterlass. Die Straßen sind der reinste Sumpf, und aus den Gassen zwischen den Häusern strömt Blut, weil dort die Schafe geschlachtet werden. In den Hütten ist es bereits deutlich kühler geworden.

Jóka ist trotzdem zum Wassertragen draußen, denn Wasser brauchen die Leute bei jeder Witterung. Sie ist ständig nass und völlig fertig, wenn sie abends in die kalte Hütte kommt. Den Torf müssen sie sich aufsparen, und Kohle ist teuer. Þorfinnur verbietet, dass vor dem ersten Frost eingeheizt wird. Er selbst bleibt meist bis weit in den Tag hinein im Bett liegen. Margrét ist schweigsam. Wenn sie mal etwas sagt, dann redet sie meist von ihren Vorzeichen und schlimmen Träumen.

Guðfinna und Sína helfen in den besseren Häusern bei der Verarbeitung der geschlachteten Tiere. Damit sind sie mehrere Tage beschäftigt. Neben dem Tagelohn bekommen sie frische Blutwurst, die sie zu Hause kochen, und der himmlische Duft erfüllt Litlakot.

Als es schließlich aufhört zu regnen, sind die beiden von früh bis spät bei den Quellen. Es kommt ihnen fast so vor, als sei jedes einzelne Kleidungsstück in Reykjavík schmutzig. Früh am Morgen machen sich die Waschfrauen im Gänsemarsch auf den Weg und kommen erst nach der Abendbrotzeit zurück. Eine endlose Schufterei.

Einmal, als Guðfinna und Sína auf dem Heimweg sind, zieht plötzlich Nebel auf. So dicht, dass man kaum die Hand vor Augen sieht. Und dann fängt es auch noch an zu regnen und zu stürmen.

«Warte, Guðfinna, warte auf mich!», ruft Sína. «Lass uns stehen bleiben, ich bin völlig erschöpft.»

«Lass mich mal sehen, dein Bottich rutscht ja.» Guðfinna müht sich mit den Schnüren ab und zieht sie wieder stramm.

«Ich habe Angst! Der Nebel ist so düster!»

«Wir laufen Seite an Seite. So, los jetzt! Sonst kommen wir nie nach Hause.»

«Bjarnfríður, die in Suðurkot wohnt, sagt, dass es auf Laugarnes spukt. Sie sagt, dass hier mehr als ein und auch nicht nur zwei Mädchen in schlimmen Unwettern umgekommen sind und jetzt herumgeistern.»

«Ja, ja, ist nicht auch wer im Fúlalækur ertrunken? Hör auf damit, du musst keine Angst haben, Sína.»

«Ich versuche, alles Böse von uns fernzuhalten», sagt Sína und beginnt, ein Gebet zu sprechen:

Wach du, mein Jesu, wach selbst du in mir!
Wachen lass mich aber auch in dir!
Dich schaue die Seele, wenn schlafend der Leib,
Dass schlafend und wachend ich in dir bleib!

«Willst du nicht mitsprechen, Guðfinna?»

Sei nie um ein Gebet verlegen,
denn Versuchungen lauern auf allen Wegen;
sind Leben und Seel auch trist und voll Pein,
ein Gebet wird der Schlüssel zur Gnade sein.

Doch Guðfinna denkt so angestrengt nach, dass sie fast Kopfschmerzen davon bekommt. Sie hätten schon längst den Fúlalækur erreichen müssen. Eigentlich müssten sie im Kirkjumýri sein, aber inzwischen ist Guðfinna sich nicht mehr sicher. Sieht nichts, an dem sie sich orientieren könnte. Der Pfad ist komplett verschwunden und der Nebel wie eine dichte Wand. Sie hat Angst vor den sumpfigen Stellen im Moor. Weiß, dass es viele davon gibt und dass sie im Moment besonders morastig sind. Mit den schweren Bottichen auf dem Rücken dürfen sie keinen falschen Schritt machen.

«Ich verstehe das nicht …», murmelt sie.

«Irgendjemand will uns doch reinlegen!», jammert Sína.

«Ja, sicher, der kopflose Ruderer …»

«Nicht, mach mir keine Angst!», schreit Sína. «Wenn doch mein Valtýr hier wäre und uns nach Hause führen könnte.»

«Jetzt beruhige dich, Mädchen! Wir sind nur vom Weg abgekommen. Ich glaube, wir laufen im Kreis. So, komm jetzt! Wir dürfen nicht aufgeben.»

Sie gibt Sína die Hand, und die beiden stolpern weiter, bis auf die Knochen durchnässt und kalt. Als sie Sínas eisige Hand spürt, bekommt sie Angst. Sína darf es nicht genauso ergehen wie Stefanía. Sie darf sich nicht überanstrengen. Guðfinna will nicht auch noch Sína verlieren.

Sie selbst hat eigentlich immer warme Hände und Füße. Dafür ist sie schon oft dankbar gewesen. Ihr Vater hat immer gesagt, dass er Seehundhaut habe. Vielleicht hat sie das auch. Sie denkt an Stonehill, und ihr wird ganz wohl.

Stonehill hat warme Hände. Und auch sonst viel, was Guðfinna an ihren Vater erinnert. Sie hat ihn noch einige Male auf der Straße getroffen, bevor er fortgesegelt ist, und jedes Mal hat ihr Herz schneller geschlagen. Manchmal ist sie allein aus der Hoffnung spazieren gegangen, ihm zu begegnen. Dass sie ihn jetzt nicht mehr treffen wird, macht sie traurig. Sie freut sich schon auf den nächsten Sommer. Möchte so viel wissen. Wie alt er wohl ist? Hat er Frau und Kinder in England, vielleicht sogar eine ganze Rasselbande? Bestimmt! Wenn sie doch Englisch oder Dänisch sprechen könnte. Oder Französisch. Wie kriegt Sína das bloß hin? Redet ständig mit Gott und der Welt.

Plötzlich hören sie ein Knallen, einmal, zweimal, immer wieder. Sína schreit auf:

«Jesus Christus Mariensohn, das sind die Geister!»

Guðfinna zieht sie weiter hinter sich her. Auf einmal stößt sie an eine Wand, eine Hauswand, die sie in der Dunkelheit nicht gesehen hat. Sie folgen dem Geräusch und finden ein schlagendes Fenster. Befreien sich von ihrer Last und klettern hinein. Im Haus ist es stockfinster, aber immerhin sind sie in Sicherheit.

Als die beiden kurz verschnauft und ihre Augen sich an die Dunkelheit gewöhnt haben, beginnen sie, sich durch den

Raum zu tasten. Sína bleibt ganz dicht bei Guðfinna, hat eine Heidenangst davor, sie in der Dunkelheit zu verlieren. Auf dem Boden liegen Haufen von etwas, das sich wie Bettdecken und Leinenstoff anfühlt. Und auch irgendwelche Pötte, die Sína näher untersucht.

«Nachttöpfe! Wie beim Landvogt!», ruft sie.

Sie lachen laut auf, und es ist, als würde etwas von ihnen abfallen. Guðfinna ruft ein paarmal, ob jemand im Haus ist, bekommt aber keine Antwort.

«Wir sind allein, und ich glaube, dass wir im ehemaligen Bischofshaus auf Laugarnes sind», sagt sie und tastet weiter den Boden ab. «Die Franzosen waren vor einiger Zeit hier, als sie die Pocken hatten. Einige sind daran gestorben, wurden auf dem Friedhof von Laugarnes begraben.»

«Grundgütiger … die Pocken», heult Sína. «Ich will mich nicht anstecken!»

«Du steckst dich nicht an. Das wäre ja was, wenn die verdammte Krankheit so lange in diesem zugigen Haus überdauert hätte. Diejenigen, die überlebt haben, wurden abgeholt und nach Hause gebracht. Wenn ich mich recht entsinne, wurde das Haus danach abgeriegelt.»

Guðfinna versucht, irgendetwas zu erkennen. Draußen tost der Wind, aber in der Dunkelheit ist nichts zu sehen.

«Ich will mich einen kleinen Moment ausruhen», sagt sie und legt sich hin.

«Aber du darfst nicht einschlafen», wimmert Sína. «Ich will hier nicht allein sein. Gott, bitte steh uns bei!»

«Das tut er. Komm zu mir, leg dich hin und deck dich zu. Ich halte deine Hand, bis du eingeschlafen bist. Erzähle dir von Hoffnungsland und singe von dem Wald, der so schön ist.»

Sie hat noch nicht lange gesummt, als sie hört, dass Sína eingeschlafen ist. Guðfinna hört den Wind heulen, hört den Regen ans Fenster prasseln, und dann ist auch sie eingeschlafen.

19

Als Guðfinna aufwacht, dämmert es. Das Wetter hat sich beruhigt, der Nebel ist verschwunden, und es regnet auch nicht mehr. Sie streckt sich und merkt, wie sehr ihr das gestrige Herumirren doch zugesetzt hat. Alles tut ihr weh. Doch die Neugier treibt sie auf die Beine. Sie muss genauer erkunden, wo sie gestrandet sind.

Kein Zweifel. Sie sind im Bischofshaus. Jetzt wird auch Sína wach und rappelt sich schlotternd auf. Als ihr Blick auf die Nachttöpfe fällt, ist sie schlagartig putzmunter. Sie angelt sich einen der Töpfe und sieht ihn sich genauer an.

«So etwas Hübsches habe ich noch nie in meinem Leben gesehen! Guðfinna, siehst du die Rosen? Und da ist einer mit Veilchen oder Lilien. Das sind bestimmt französische Blumen. Französisch, wie mein Valtýr!» Und schon tanzt sie los, noch mit Schlaf in den Augen und dem Topf im Arm. «Dieser Topf wäre in jedem Raum eine Zier. Sogar in der guten Stube vom Landvogt!» Sie lacht laut auf.

Guðfinna zählt zehn Bettdecken. Und dann sind da noch Leinenlaken, Bettbezüge und die Töpfe. Sie faltet die Hände.

«Ich preise dich, Vater und Herr des Himmels und der Erde, dass du solches den Weisen und Klugen verborgen hast und es den Unmündigen offenbarst.»

«Wie bitte?» Sína steht reglos mit dem Topf in den Händen da und guckt sie mit großen Augen an.

«Matthäus, elftes Kapitel, Vers fünfundzwanzig. Setz dich zu mir und hör mir kurz zu, Sína. Ich habe eine gute Idee.»

Die Waschbottiche stehen vollgeregnet an der Hauswand. Genau wie die Eimer. Sie kippen das Wasser aus, nehmen die Wäsche aus den Bottichen und wringen sie, so gut es geht, aus. Die Wäsche scheint das Unwetter ohne größere Verschmutzungen überstanden zu haben. Das hoffen sie zumindest. Sie helfen sich gegenseitig, die Bottiche auf ihre Rücken zu schnüren, und machen sich auf den Weg. Die Wäsche ist verdammt schwer, und sie müssen sich immer wieder ausruhen. Reden die ganze Zeit. Niemand darf erfahren, wo sie gewesen sind. Sie haben nichts gesehen und nichts gefunden. Wenn jemand fragt, waren sie die ganze Nacht auf freiem Feld. Haben das Unwetter abgewartet, sich vor den sumpfigen Stellen und den Torfgräben gefürchtet. Sind orientierungslos herumgeirrt.

Sie holen die Holzklammern und hängen die Wäsche auf die Leinen hinter Litlakot. Dann ziehen sie ihre nassen Klamotten aus, sind kalt und hungrig und kochen sich etwas Fisch. Haben noch Bohnen und gießen Kaffee auf. Packen sich warm ein. Reden leise weiter. Schmieden einen Plan und sind sich einig. Froh darüber, dass niemand zu Hause ist und sie stört. Guðfinna schlägt die Bibel auf und liest. Sína legt sich hin, schläft sofort ein und schnarcht.

Als die Dämmerung einsetzt, ziehen sie sich an. Haben

kaum Wechselsachen und müssen sich damit abfinden, dass noch nicht alles ganz trocken ist.

Dann brechen sie in Richtung der Quellen auf. Laufen beschwingt los. Auf dem Bakarastígur begegnen sie Jóka und sagen ihr, dass sie ihre Bottiche holen wollen, die sie im Nebel stehen lassen mussten. Jóka, die bereits auf dem Heimweg ist, atmet auf, als sie die beiden sieht. Hat sich Sorgen gemacht, da sie nicht nach Hause gekommen sind. Margrét auch. Sie habe von der Dunkelheit gesprochen und irgendeinen Unsinn geredet, sagt Jóka. Þorfinnur ist im Hvalfjörður, baut dort irgendetwas. Hat schon lange dorthin gewollt, es aber nie geschafft.

«Hoffentlich bleibt er noch eine Weile dort. Das wäre für alle eine Erleichterung!», seufzt Sína.

Dann laufen sie weiter, beeilen sich. Reden nicht auf dem Weg. Es wird schon dunkel.

Guðfinna sieht den alten Pfarrer vor sich. Hat das Gefühl, dass er in der Nähe ist, seit ihr am Morgen im Bischofshaus diese Idee gekommen ist. Sie erinnert sich an ihre Gespräche über die Ungerechtigkeit. Sie beide fanden, dass es Aufgabe der Menschen ist, gerecht zu verteilen. Damit beruhigt sie nun ihr Gewissen. Ruft sich das immer wieder in Erinnerung. Wird trotzdem die Vermutung nicht los, dass der Pfarrer mit ihrem Vorhaben nicht einverstanden gewesen wäre. In der Bibel zu lesen, ist tröstend gewesen, aber jetzt befallen sie doch wieder Zweifel.

Sie klettern durch dasselbe Fenster hinein wie am Vortag. Finden alles wie gehabt vor. Rollen die Decken zusammen und schnüren sie mit den Laken zu Bündeln, die sie auf dem Rücken tragen können. Dasselbe machen sie mit den Töpfen. Sína sucht die Schönsten heraus; braucht eine ganze Weile, um sich zu entscheiden. Sie wickeln sie in Laken und packen sie sich auf den Rücken.

Niemand soll etwas sehen. Wenn jemand fragt, behaupten sie einfach, dass sie vom Waschen kommen. Sie verlassen das Haus auf demselben Weg, wie sie hineingeklettert sind, und lehnen hinter sich das Fenster an. Noch ist von allem genug übrig im Bischofshaus.

20

Margrét bekreuzigt sich in einem fort. Ruft Gott an, weil sich Diebesgut in ihrem Haus befindet. Klammert sich am fünften Gebot fest: *Du sollst nicht stehlen*. Jóka sitzt unter einer der Decken aus dem Bischofshaus und grunzt vor Wonne.

«Wem stehlen wir denn was?» Guðfinna hat ganz rote Wangen. «Die Eigentümer sind längst in Frankreich und kommen sicher nie wieder. Glaubst du etwa, Gott will, dass diese Sachen auf Laugarnes vermodern?»

«Das ist ein Geschenk des Himmels», seufzt Jóka.

«Sieh doch mal, wie hübsch dieser Topf ist.» Sína tanzt mit einem Nachttopf im Arm durch die Stube.

Endlich sieht sich auch Margrét den Topf genauer an, sie fährt mit den Fingern über das Muster und murmelt:

«Das könnten Arktische Weidenröschen sein. Die haben auch so hübsche Blätter.» Dann besinnt sie sich, stößt den Topf von sich und schreit: «Wir könnten alle die Pocken kriegen!»

«Da nehme ich doch lieber in Kauf, krank zu werden, als diese Decke wieder herzugeben!», zwitschert Jóka. «Fühl doch mal, wie warm sie ist.» Sie hängt Margrét die Decke um die Schultern.

«Und so leicht. Federleicht!» Margrét dreht sich im Kreis.

«Wir holen dir auch noch eine!» Sína ist ganz aufgeregt. «Gleich morgen!»

Margrét schmeißt die Decke auf den Boden.

«Ich bin keine Diebin!»

«Wer stiehlt denn hier von wem? Was meinst du, was der Kaufmann an dir verdient, wenn du denselben Salzfisch trägst wie ein Mann, du dafür aber nur halb so viel Guthaben bei ihm bekommst?» Guðfinna redet sich ganz heiser vor Wut.

«Aber das ist kein Diebstahl!»

«Weißt du, was Jesus über die besseren Leute sagt?» Guðfinna nimmt die Bibel aus dem Regal und schlägt sie auf.

«Hütet euch vor den Schriftgelehrten, die da wollen einhertreten in langen Kleidern und lassen sich gerne grüßen auf dem Markte und sitzen gern obenan in den Schulen und über Tisch. Sie fressen der Witwen Häuser und wenden lange Gebete vor. Die werden desto schwerere Verdammnis empfangen.»

Guðfinna lässt das Buch sinken und wirft Margrét einen grimmigen Blick zu.

«Das steht in der Bibel?», stammelt Margrét.

«Lukas, Kapitel zwanzig, Vers sechsundvierzig und siebenundvierzig.»

Die Stille ist bedrückend. Resigniert guckt Margrét die drei anderen an. Doch Guðfinna kann nicht an sich halten, sie muss noch weiter gehen. Ihre Wangen glühen, und ihre Stimme zittert.

«Was den Mächtigen nicht passt, wollen sie am liebsten

vergessen machen. Sie legen Gottes Wort immer so aus, dass es ihnen zum Vorteil ist. Aber die Bibel ist nicht nur für sie geschrieben worden.»

«Gott ist meine Zuflucht», flüstert Margrét.

«Gott ist unser aller Zuflucht, und gestern Abend hat er Sína und mich an einen reich gedeckten Tisch geführt.»

Diese Worte sind wie Wind unter Sínas Flügeln.

«Ja, genau, es war, als hätte uns eine höhere Kraft zum Bischofshaus geführt. Das sollte so kommen!»

«Wenn das eine Sünde sein soll, dann nehme ich sie auf mich.» Guðfinna ist ruhig und unerschütterlich.

Margrét verbirgt ihr Gesicht in den Händen und schreit:

«Holt die Tranlampe. Diese ewige Dunkelheit ertrage ich nicht!»

Sína legt den Arm um Margrét und nimmt ihr sanft die Hände vom Gesicht.

«Stell dir mal vor, wie hell wir es hier haben könnten, wenn wir die Sachen verkaufen. Wir können sie gegen Petroleum und Schwefelhölzer tauschen! Wir verjagen die Dunkelheit, und du musst nie wieder Angst haben.»

Verwirrt blickt Margrét sich um. Dann packt sie Sína fest am Arm.

«Wovon redest du da eigentlich?»

«Eine Öllampe, wie Kaufmann Pøren sie hat. Und ausländische Wachskerzen. Und ein Wandofen.» Sína reißt sich los und tanzt durch die Stube.

«Im Tausch gegen diese Sachen? Aber wie sollen wir das anstellen?»

«Wir nähen die Laken und Bezüge einfach um, sodass sie

niemand wiedererkennt, und verkaufen sie. Du weißt doch, wie gern ich nähe.» Jetzt lacht Sína.

«Und wir verkaufen die Nachttöpfe! Stell dir vor, dann können wir uns alles kaufen, wovon wir träumen!» Guðfinnas Gesicht glüht vor Aufregung.

«Wir kaufen eine Petroleumlampe?» Wieder hält Margrét Sína fest, diesmal lässt sie nicht locker.

«Die größte, die wir finden können!», ist von Jóka unter der Decke zu vernehmen.

Margrét bekreuzigt sich hektisch ein paarmal, dann nimmt sie eines der Laken aus dem Bischofshaus in die Hand. Dreht und wendet es und inspiziert es ganz genau. Murmelt leise vor sich hin:

«Die sind ja wie neu … Ihr glaubt, es ist Vorsehung, dass sie zurückgelassen wurden … Gott Vater, sei mein Vater … Herrlich, dieser Stoff. Aus dem könnte man zig Hemden nähen … Im Namen des Erlösers … Gib mir die Schere, Guðfinna!»

21

In den nächsten Tagen haben die Frauen aus Litlakot alle Hände voll zu tun. Sína kauft Garn und Nadeln. Die sind teuer und werden in einem Nadeldöschen aufbewahrt, wenn sie nicht gebraucht werden, damit keine verloren geht. Nach ihrer üblichen Arbeit eilen die Frauen nach Hause und nähen bis spät in den Abend hinein. Jóka hat kaum noch Zeit für ihre Ausflüge zu Illugi in den Schweinestall. Die Frauen sind heilfroh, dass Þorfinnur im Moment so viel arbeitet, und hoffen, dass er noch lange am Hvalfjörður bleibt. Wissen nicht so recht, was sie ihm sagen sollen, wenn er nach Hause kommt. Haben sich noch keine schlüssige Erklärung einfallen lassen – was sie schnellstens nachholen müssen!

Es bietet sich an, dass Jóka den Verkauf der Sachen übernimmt. Das tut sie gern. Als Erstes verkauft sie ein weißes Hemd. Tauscht es gegen Petroleum. Verrät niemandem, woher die Sachen kommen, lobt sie jedoch in den höchsten Tönen und wird alles sofort los. Als sie eines Morgens den ersten Nachttopf verkaufen will, reißen sich die Leute darum. Sie hat ihn unter ihrem Oberrock befestigt, den sie lupft, um den Topf unauffällig zeigen zu können.

Fröhlich kommt sie nach Hause und verkündet, dass sie sofort alle Töpfe verkaufen könnte. Sína ist Feuer und Flamme und will sofort aufbrechen, um den Rest zu holen, doch Guðfinna ist dagegen. Will das lieber langsam und überlegt angehen. Wo sollen sie die Töpfe verstecken, falls Þorfinnur auf einmal nach Hause kommt und sie noch nicht alle verkauft haben? Er würde sie ganz sicher auffliegen lassen. Oder alles gegen Branntwein eintauschen. Guðfinna will lieber öfter zum Bischofshaus gehen und jeweils kleinere Mengen holen. Glaubt, dass außer ihnen niemand dorthin geht. Warum sollte sich jetzt auf einmal jemand für das Haus interessieren, nachdem so lange niemand mehr dort gewesen ist? Nach einigem Hin und Her sind sie sich einig, die Stoffe und Nähsachen unter ihren Matratzen zu verstecken und nichts offen herumliegen zu lassen, wenn sie Litlakot verlassen.

Der Herbst schreitet voran, und auf einmal hat Sína mit morgendlicher Übelkeit zu kämpfen. Sie ist ganz offensichtlich schwanger, glücklich und bekümmert zugleich, sie weint und vermisst Valtýr. Ob er gut zu Hause angekommen ist? Wenn sie ihm doch von dem Kind erzählen könnte. Sie sagt, dass es ein Junge wird, das spüre sie. Wartet ungeduldig auf den Frühling, darauf, dass Valtýr zurückkommt. Margrét umsorgt sie. Ist selig, dass in Litlakot ein Kind geboren werden soll.

Guðfinna bittet Sína, sich zu schonen, schlägt vor, dass sie zu Hause bleibt und näht. Sína ist die geschickteste Näherin unter ihnen, daher bleibt diese Arbeit ohnehin hauptsächlich an ihr hängen. Sobald Þorfinnur zurückkommt, wird das außerdem nicht mehr so leicht möglich sein. Wenn er dann wieder ganze Tage zu Hause herumhängt, bleibt ihnen kaum Zeit zum Nähen. Und wie sollen sie ihm all den Stoff in Litlakot erklären?

Hin und wieder machen sich Sína und Guðfinna nach Laugarnes auf und holen Nachschub. Die Nachfrage nach den Töpfen ist immer noch so groß, dass Guðfinna Jóka aufträgt, Bargeld dafür zu verlangen. Trotz der vielen Arbeit und ihrer Sparsamkeit hat sie immer noch Schulden wegen Stefanías Beerdigung. Sie sind sich alle einig, sie mit diesem Geld zu begleichen. Wenn Guðfinna mit dem Diebeserlös bezahlt, versucht sie, ihr schlechtes Gewissen zu ignorieren. Guckt auf den Boden und tut so, als wenn nichts wäre. Redet sich gut zu und liest in der Bibel. Besucht Anna auf Sveinsbær, die Guðfinnas Fleiß und Zuverlässigkeit bewundert.

Dort begegnet sie auch wieder Annas Verwandtem Sæmundur und merkt, dass er sie die ganze Zeit anschaut. Unwillkürlich vergleicht sie ihn mit Stonehill. Der eine hat warme Hände, der andere kalte. Nachdem Sæmundur gegangen ist, betont Anna, was für eine gute Partie er doch sei, aufrichtig und anständig. Außerdem brauche seine Kinderschar eine gute Mutter.

Unzählige Gedanken gehen Guðfinna durch den Kopf. Sie weiß, dass sie im Jenseits für ihre Taten geradestehen muss, und wäre bereit, mit dem alten Pfarrer darüber zu reden, ihrem Freund. Vor Gott dem Allmächtigen aber hat sie Angst. Fürchtet sich davor, ihm gegenüberzustehen. Hofft, dass der Pfarrer zu ihr hält. Weiß, dass die Pfarrersfrau es tun wird. Ihre Genossinnen scheinen sich keine großen Sorgen zu machen. Wenn, dann höchstens im Stillen.

Sie tröstet sich mit dem Gedanken, dass sie niemandem

etwas gestohlen haben, der selbst nur wenig besitzt. Sie nehmen ja nur die Sachen aus dem Bischofshaus, für die sich ohnehin niemand interessiert. Woher sie ursprünglich stammen, weiß sie nicht. Vielleicht vom Gesundheitsamt? Oder von dem französischen Kriegsschiff, das die Kranken abgeholt hat? Wenn diese Leute es sich leisten können, die Sachen dort liegen zu lassen, scheinen sie sie nicht allzu dringend zu brauchen. Und Kälte und Wind, die durchs Bischofshaus ziehen, müssten die Krankheit längst unschädlich gemacht haben.

Aber ganz wohl ist Guðfinna trotzdem nicht. Wenn sie ihre Schulden los ist und auch die anderen Frauen aus Litlakot genug verdient haben, will sie verschwinden. Wohin, weiß sie noch nicht, das muss das Schicksal entscheiden.

22

«Das ist eine völlig andere Stube geworden», ruft Margrét und schlägt begeistert die Hände zusammen. «Wir haben es so fein hier!»

«Erinnert an die Stube vom Landvogt», zwitschert Sína, die gerade einen Kissenbezug fertig näht.

«Die Petroleumlampe macht wirklich so einen Unterschied …», hebt Margrét an, verstummt jedoch, als Jóka zur Tür hereingestürmt kommt. Sie ist ganz außer Atem.

«Þorfinnur ist in der Stadt! Er ist im Schweinestall und kommt gleich nach Hause!», schnauft sie.

Wortlos und still legen sie einen Unterrock und eine Stehbrunzhose zusammen, die Jóka am nächsten Morgen mitnehmen soll. Sie schiebt sie unter ihre Matratze und legt sich aufs Bett. Guðfinna greift nach den Stricknadeln, während Sína seelenruhig den Kissenbezug weitersäumt, als wenn nichts gewesen wäre.

«Glaubt ihr wirklich, dass er sofort nach Hause kommt, wo er doch im Schweinestall sitzt? Ich bin gleich fertig.» Sie trennt den Faden durch, sieht sich die Naht an und fährt mit einem Finger darüber. «In so einen hübschen Stoff müsste man eigentlich Blumen sticken, aber das bunte Garn ist aus.»

«Durch die Stickerei verrätst du dich noch, Sínakind!», scherzt Jóka.

«Nein, nein, bei gestickten Blumen denken doch alle an Fräulein Madsen!»

«Eine dänische Dame stickt keine Blumen in gestohlene Laken», jault Jóka aus ihrem Bett heraus, und alle schmunzeln vor sich hin.

«Ist es nicht eher verdächtig, dass du dich so früh ins Bett gelegt hast?» Sína schiebt Jóka ein Stück nach hinten, um das Kissen zu den anderen Sachen stecken zu können.

«Ich fühle mich nicht gut heute. Sind noch Bohnen da? Will nicht eine von euch Kaffee aufgießen?»

In diesem Moment steht auf einmal Þorfinnur in der Stube. Er stutzt und sieht sich verwundert im hell erleuchteten Raum um.

«Willkommen, mein lieber Þorfinnur!» Margrét geht mit ausgebreiteten Armen auf ihn zu.

Þorfinnur umarmt seine Frau und küsst sie, doch dann schiebt er sie von sich, geht zur Petroleumlampe und dreht die Flamme kleiner.

«An Licht wird hier wohl nicht gespart», sagt er. «Das ist nicht gerade weitsichtig.»

«Ja, du hast recht», stimmt Margrét ihm zu. «Das ist nicht vorausschauend.» Dann herrscht Stille in der Stube, als hätten alle die Sprache verloren. Þorfinnur geht eine Runde durch den Raum und sieht aus, als versuche er, irgendetwas zu verstehen.

«Und, was gibt es Neues vom Hvalfjörður?», fragt Jóka schließlich und stützt sich auf einen Ellbogen.

«Nichts Besonderes. Warst du nicht eben noch im Schweinestall?» Þorfinnur runzelt die Stirn und sieht nachdenklich Jóka an, die sich wieder fallen lässt und die Augen schließt.

«Ich habe den ganzen Abend das Lager platt gelegen, weil ich mich irgendwie nicht wohlfühle, das kann also gar nicht sein. Vielleicht ist mein Folgegeist auf Wanderschaft. Komm mir lieber nicht zu nahe!»

«Ich mache uns jetzt erst mal einen Kaffee, mein Lieber», sagt Margrét und schwänzelt um ihn herum.

Guðfinna sagt gar nichts, beobachtet die Szene über ihre Stricknadeln hinweg. Bis eben ging es ihnen allen noch so gut in der gemütlichen Stube. Und dann platzt Þorfinnur herein und dreht ihre Lampe runter. Schlagartig herrscht wieder die alte Atmosphäre, und ein ungutes Gefühl steigt in ihr auf. Es schmerzt sie, mit anzusehen, wie Margrét sich verändert, sobald der Grobian im Haus ist.

«Willst du mich denn gar nicht begrüßen, Sínalein?», fragt Þorfinnur und lächelt sie an. Sína steht auf und umarmt ihn. Lächelt zurück. Zu Guðfinna sagt er nichts, guckt noch nicht einmal in ihre Richtung. Das hat er seit Stefanías Tod kaum mehr getan. Diese Teilnahmslosigkeit beruht auf Gegenseitigkeit.

Dann bringt Margrét den Kaffee.

23

Der Winter ist unbeschreiblich hart, mit heftigen Schneestürmen und bitterer Kälte im ganzen Land. Es heißt, dass einige Bauern ihre Schafe schlachten mussten, weil ihnen das Heu ausgegangen ist, und dass das Polareis bis an Nordislands Küste reicht. Sína sorgt sich um ihre Familie, teilt diese Angst mit Þorfinnur. Nachdem der herausgefunden hat, dass sie ein Kind erwartet, ist er besonders herzlich zu ihr. Redet davon, eine Wiege für das Kind zu bauen, wie die feinen Leute sie haben. Muss nur noch gutes Holz dafür auftreiben, will keinen Abfall verwenden.

In der Hütte ist es schneidend kalt. Þorfinnur geht sparsam mit dem Torf um, der Stapel neben der Tür ist schon deutlich geschrumpft, aber hin und wieder kauft Guðfinna ein paar Kohlen, und dann heizen sie zum Abend.

Jóka schläft unter ihrer Bettdecke und dankt Gott dafür, doch Guðfinna ermahnt sie, kein Aufheben darum zu machen. Will nicht, dass Þorfinnur auf die Decke aufmerksam wird. Befürchtet, dass er einen Aufstand deswegen macht, ihr die Decke vielleicht sogar wegnimmt und verkauft. Die anderen Decken sind sie bereits losgeworden; Guðfinna hat sich beim Kaufmann eine einfache Wolldecke gekauft.

Nach Guðfinnas Ermahnung hat Jóka solch eine Angst

um ihre Decke, dass sie das gute Stück am liebsten sogar zum Wassertragen mitnehmen würde. Dem Hausherrn gegenüber verhält sie sich zurückhaltend, und das Zusammenleben in Litlakot ist einigermaßen harmonisch.

Jóka hätte es nicht für möglich gehalten, dass es so wunderbar ist, eine richtige Bettdecke zu besitzen. Sie hatte ja keine Ahnung, ansonsten hätte sie versucht, sich irgendwie schon früher eine zu beschaffen. Jetzt kann sie es den ganzen Tag kaum erwarten, sich am Abend ins Bett zu legen, von unten und oben das Leinen zu spüren. Und die Wärme. Eigentlich müssten Bezug und Laken dringend mal gewaschen werden, doch sie will nicht die Mädchen darum bitten, möchte nicht, dass sie auch noch ihre Wäsche zu den Quellen schleppen müssen. Findet, dass sie schon genug zu schuften haben. Und sie selbst kommt im Moment nie vom Wassertragen weg. Aber im Frühling, da möchte sie den Bezug waschen, ihn auf den Wäscheleinen von Litlakot trocknen und sich dann endlich in ein sauberes Bett legen. Allein beim Gedanken daran seufzt sie vor Glück. Manchmal hat sie in letzter Zeit keine Lust, in den Schweinestall zu gehen, braucht diese Ausflüge nicht mehr. Stattdessen kuschelt sie sich früh unter ihre Decke.

Zum ersten Mal in ihrem Leben ist ihr warm. Sie spürt noch förmlich die Kälte in den Stuben auf der Jökuldalsheiði, wo sie von Hof zu Hof zog. Als Almosenempfängerin, die sich mit anderen ein Bett teilen musste und der immer kalt war. Der nicht im Traum eingefallen wäre, dass sie mal eine Bettdecke besitzen würde. Die kaum wusste, dass es so etwas überhaupt gab.

Irgendwann in ihrer Jugend war sie als Magd am Vopnafjörður gelandet. Damals war sie ausgerissen und hatte es unbemerkt an Bord eines Dampfers geschafft. Wusste nicht, wohin die Reise ging, aber versteckte sich, schlief draußen auf Deck und klaute sich etwas zu essen. Erst mehrere Tage später wurde sie entdeckt, fing sich eine Tracht Prügel ein und wurde in Reykjavík vom Schiff geworfen.

Inzwischen ist ihr unbegreiflich, wie sie das damals schaffen konnte. Heute würde sie sich so ein Abenteuer nicht mehr zutrauen, aber damals war sie jung und furchtlos. Doch sie bereut es noch heute nicht, ist froh, dass sie sich damals davongemacht hat.

Vor einiger Zeit wurde mit dem Bau eines Zuchthauses am Skólavörðuvegur begonnen. Ein großes, solides Gebäude, aus groben Steinen errichtet. Davon gibt es hier mehr als genug. Drinnen sind jede Menge Zellen, die von einem schmalen Gang abgehen. In der oberen Etage sollen zwei Säle entstehen, einer für das Landesgericht und einer für den Stadtrat.

Dieser Bau sorgt für große Aufregung in der Stadt, und in den Zeitungen wird viel geschimpft. Viele meinen, dass das Gebäude zu weit außerhalb der Stadt liegt. Das Wasser muss von der Pumpe am Bakarastígur geholt und zu Fuß den Hügel hinaufgeschleppt werden. Trotzdem wird weitergebaut. Þorfinnur ist am Innenausbau beteiligt, doch er geht oft einfach nicht hin, bleibt wegen seiner Kopfschmerzen bis weit in den Tag hinein im Bett.

Wenn er mal nicht zu Hause ist, machen sich die Frauen nach der Arbeit sofort ans Nähen. Den Großteil des Stoffes aus dem Bischofshaus haben sie bereits verarbeitet. Die Sachen kommen gut an, und der Tauschhandel klappt reibungslos.

Für die Sachen bekommen sie Fleisch, Fisch, Petroleum und Kohlen, manchmal auch Bargeld. Guðfinna schläft auf dem Stoff, den sie noch nicht verarbeitet haben. Ihr ist nicht wohl, wenn Þorfinnur zu Hause ist, geschweige denn, wenn er sich ganz allein in Litlakot aufhält. Sie befürchtet, dass er herumschnüffeln könnte und sie auffliegen lässt. Wünscht sich nichts sehnlicher, als dass er wieder aufs Land muss. Je weiter weg, desto besser.

In der Stadt wird über den Besuch des Königs im nächsten Sommer geredet. 1874 soll die tausendjährige Besiedlung Islands gefeiert werden. König Christian IX. wird mit der neuen Verfassung erwartet. Aber wo soll man ihn empfangen? Das Althinghaus, das in Reykjavík gebaut werden soll, existiert nur auf dem Papier.

Schließlich kommt ein Brief aus Dänemark, in dem es heißt, dass die Feierlichkeiten Anfang August in Þingvellir stattfinden sollen. Die Nord- und Ostisländer sind empört. Hatten schon beschlossen, Anfang Juli zu feiern, zu Mariä Heimsuchung, wie immer. Jóka hält zu den Leuten aus den Ostfjorden, plötzlich sind all die schlimmen Erinnerungen an ihre Heimat vergessen. An der Pumpe hat sie sich deswegen schon mit den anderen angelegt.

Schließlich einigt man sich. Die Landesviertel dürfen feiern, wann sie wollen; der König wird sich unabhängig davon Anfang August in Þingvellir und Reykjavík aufhalten.

Eines Abends ist Guðfinna mit einem anderen Mädchen auf dem Heimweg von den Quellen. Sie sind spät dran, es ist bereits stockfinster, und das Moor wirkt endlos. Plötzlich hören sie einen Schrei und einen dumpfen Schlag.

«Hilfe!»

Erschrocken gucken sie sich an, dann eilen sie in die Richtung, aus der die Geräusche kommen. Hören weitere Schreie und Schläge. In der Dunkelheit stolpern sie fast über einen Mann, der ein Mädchen auf den Boden drückt, das sich verzweifelt wehrt.

«Willst du wohl deine verdammte Klappe halten!», keucht er. Guðfinna packt ihren Wäscheklopfer, holt weit aus und schlägt fest zu, während ihre Begleiterin mit aller Kraft an dem Kerl zerrt. Immer wieder schlägt Guðfinna zu, doch der Mann wehrt die Schläge ab, rappelt sich auf, reißt sich die Hose hoch und stolpert in die Dunkelheit. Guðfinna kann nicht viel von ihm erkennen, meint aber, dass er klein und krumm gewesen ist.

Das Mädchen haben sie schon oft bei den Quellen gesehen. Die Arme ist völlig aufgelöst, weint heftig und bekommt kein Wort heraus. Die beiden kümmern sich, so gut es geht, um sie, richten ihre Kleider und sammeln die Wäsche ein, die überall verstreut wurde, als ihr der Angreifer den Bottich vom Rücken gerissen hat. Legen alles wieder ordentlich zusammen. Hoffen, dass die Wäsche keine Flecken bekommen hat.

Dann kommt Matthildur mit ihren Waschsachen auf sie zu. Sie hatte ihre Kaffeekanne an den Quellen verloren und ist deshalb erst später aufgebrochen.

«War das der Schuft aus Norðurkot?», fragt sie sofort, als

sie erfährt, was passiert ist. Dem Mädchen tut der ganze Körper weh, doch sie ist heilfroh, mit ein paar Kratzern und blauen Flecken davongekommen zu sein. Froh, dass der Kerl nicht bekommen hat, was er wollte. Sie blickt auf den Boden und sagt nichts.

Guðfinna befürchtet, dass sie den Mann nicht wiedererkennen würde. Sie hat auf ihn eingeprügelt und ihn in die Flucht geschlagen, aber sein Gesicht hat sie nicht gesehen.

«War er klein und krumm?»

Guðfinna nickt.

«Der mit der krummen Nase!», ruft Matthildur. «Das ist der Grobian aus Norðurkot. Der treibt sich in letzter Zeit öfter bei den Quellen herum und geht die Mädchen an. Ich habe ihn auch schon gesehen. War der das?»

Das Mädchen schweigt, aus Angst davor, dass er sich rächen könnte.

«Jetzt komm schon, stell dich nicht so an!» Matthildur regt sich tierisch auf und versucht, das Mädchen zu bearbeiten, doch sie bekommt nichts aus ihr heraus. Auch in Guðfinna kocht die Wut hoch. Sie ballt die Fäuste und will sich den Kerl vorknöpfen, doch dafür muss sie mit Sicherheit wissen, wer es gewesen ist. Matthildur lässt immer noch nicht locker, doch auch das Mädchen bleibt standhaft. Schließlich binden sie ihr den Bottich auf den Rücken und machen sich auf den Weg. Bleiben dicht beisammen. Nach langem, schwierigem Marsch gelangen sie endlich in die Stadt.

24

«Und du hast noch behauptet, dass wir keinen harten Winter kriegen!», schimpft Sína vor sich hin, als sie im späten Winter mal wieder auf dem Weg zu den Quellen sind. Die Kälte ist schneidend, und sie versuchen, sich warm zu laufen. Haben sich zum Schutz vorm eisigen Wind, der ihnen durch Mark und Bein geht, Fäustlinge und Schlupfmützen gestrickt und gewalkt. Am schlimmsten sind die kalten Füße. Den ganzen Tag stecken die Frauen in nassen Klamotten, haben zwar Wechselsocken dabei, aber auch die werden sofort wieder nass.

«Sei mir nicht böse, ich habe nur aufgegriffen, was ich gehört hatte. Aber jetzt müsste der Frühling bald kommen. Der vierte Wintermonat ist schon vorbei, und bald auch der fünfte.»

«Und dann kommt mein Valtýr!» Die Freude in Sínas Stimme ist nicht zu überhören. «Oh, wie ich mich danach sehne! Meinst du nicht, dass die Segelboote bald kommen?»

«Ich denke schon. Meist sieht man sie in der Fastenzeit.»

Den ganzen Winter über hat Guðfinna immer wieder den schlimmen Gedanken verdrängt, dass Valtýr verunglückt sein könnte. Hat versucht, Margréts Worte vom Tag seiner Abreise zu vergessen. Manchmal kommt es ihr vor, als würde

Margrét das Kind erwarten, nicht Sína. Sie kümmert sich rührend um die Mutter, flößt ihr Milch ein, wann immer sie welche kriegen kann. Im Moment ist alles knapp. Seit Langem schon ist kein Fangwetter mehr gewesen, und die Vorräte schrumpfen. In vielen Hütten wird gehungert.

Guðfinna sorgt sich, dass Sína zu schwer trägt, und nimmt ihr die größte Last ab. Sína sollte überhaupt nicht mehr zu den Quellen laufen, doch im Moment gibt es keine andere Arbeit, und Sína will niemandem auf der Tasche liegen.

«Ich höre damit auf, noch bevor das Kind geboren wird, versprochen!», antwortet Sína übermütig, als Guðfinna sie wieder einmal ermahnt, sich zu schonen. Sína spielt auf die Geburt der kleinen Lauga im letzten Sommer an.

Die Mutter bekam Wehen, als sie gerade angefangen hatte zu waschen. Sie dachte, es würde sich wieder beruhigen, womöglich hatte sie sich verrechnet. Wusste nicht, dass sie schon so weit war. Doch die Wehen wurden immer stärker, bis die Frau schließlich aufgeben und die Wäsche liegen lassen musste.

Da wurden aus den Waschfrauen Hebammen, und alle packten mit an. Machten der Frau in einer Senke ein Lager und umsorgten sie, während sie selbst sich vor allem um die Wäsche sorgte, die sie für die Bischofsfrau waschen sollte. Die anderen redeten auf sie ein, sich darum keinen Kopf zu machen. Sie solle das Kind auf die Welt bringen, dann würden sie sich um die Wäsche kümmern.

Auch die Färinger, die an der östlichen Quelle wuschen, boten ihre Hilfe an. Doch das ging den Frauen zu weit. Wollten sich diese Ausländer jetzt auch noch ins Kinderkriegen einmischen?

Das Wetter spielte mit, und schon bald erblickte ein kleines Mädchen das Licht der Welt. Alles ging gut, und Matthildur durchtrennte mit gekonnten Handgriffen die Nabelschnur. Sie selbst hatte neun Kinder bekommen, von denen Gott ihr fünf wieder genommen hatte. Ganz vorsichtig wuschen sie das kleine Mädchen und wickelten es in das Tuch seiner Mutter. Später wurde sie auf den Namen Steinunn getauft, obwohl der Name Lauga – das Mädchen von den Quellen – an ihr hängen blieb und keiner sie je anders nannte.

Nach der Geburt wurde Quellenkaffee gekocht und der Mutter in der Senke serviert. Sie wollte direkt weiterwaschen, doch davon wollten ihre Genossinnen nichts hören; sie teilten die Wäsche unter sich auf und brachten sie am Abend in die Stadt. Die Bischofsfrau bekam alles sauber und glatt zurück und schickte der kleinen Lauga ein Kreuz.

Guðfinna lächelt beim Gedanken an diesen Tag. Da war es an den Quellen viel freundlicher und schöner gewesen als sonst. Die Sonne strahlte, und überall grünte es, vor allem in der Senke, in der die Frau lag. Die Felsen wirkten nicht ganz so rau wie sonst, und von der anderen Seite der Bucht lächelte die Esja verschmitzt zu ihnen herüber. Alle hielten zusammen und waren Freundinnen.

Doch das ist nicht immer so. Normalerweise wird an den Quellen höchstens mal in der Kaffeepause geplaudert, aber nicht während der Arbeit. Dann sind die Frauen ja auch in Dampf gehüllt, und es ist nicht leicht, sich zu unterhalten. Im Winter wird es noch dazu kaum hell. Manchmal liegt etwas in der Luft, das sich wahllos an einer der Frauen entlädt, die mit nichts Bösem gerechnet hat. Das kann richtig bitter sein. Man muss höllisch auf seine Sachen aufpassen, energisch sein, aber nicht zickig. Immer auf der Hut sein.

Der Tag, an dem die kleine Lauga geboren wurde, war anders. Guðfinna hat ihn als Sonnentag in Erinnerung.

25

Kurz vor Ostern bricht plötzlich ein schweres Unwetter los. Das passiert von einem Moment auf den anderen, daher sind die meisten Boote auf See. Guðfinna und Sína sind fast fertig mit der Arbeit an den Quellen, als es über sie hereinbricht – eine Kältefront aus dem Nordwesten, die ihnen die Wäsche in den Händen gefrieren lässt.

Irgendwie schaffen sie es, alles zusammenzupacken und sich die Bottiche umzuschnallen. Der Wind bläst ihnen genau entgegen, sie kämpfen sich voran, umklammern ihre Sachen und bleiben dicht beieinander, um nicht fortgerissen zu werden. Sehen einen leeren Bottich herumrollen, den eine der anderen Frauen verloren haben muss. Von der Wäsche keine Spur.

Als Guðfinna und Sína endlich Litlakot erreichen, sind sie fix und fertig. Hoffen, dass sich alle Mädchen in Sicherheit bringen konnten. Als das Wetter immer schlimmer geworden ist, haben die Frauen fast panisch die Flucht ergriffen und sind nicht zusammengeblieben, wie sie es sonst in solchen Situationen tun.

Die beiden kriechen sofort in ihre Betten, haben noch nicht einmal mehr Kraft, das Feuer zu schüren. Guðfinna kann sich nicht daran erinnern, jemals so erschöpft gewesen zu sein.

Am nächsten Tag stellt sich heraus, dass zwei Boote nicht zurückgekommen sind. Alle anderen sind beschädigt. Außerdem wird ein Mädchen vermisst, das an den Quellen war. Als das Wetter sich etwas beruhigt, machen sich einige Männer auf die Suche nach ihr. Man hofft, dass sie auf Fúlatjörn oder Barð untergeschlüpft ist. Doch auf keinem dieser Höfe ist sie aufgetaucht, und schließlich wird sie am Fuße des Steinhaufens an den Gvendarbrunnar-Quellen gefunden. Offenbar hat sie dort Schutz gesucht und ist erfroren. Der Tod des Mädchens bringt die Diskussion über eine Schutzhütte an den Quellen wieder ins Rollen. Gäbe es dort einen Unterschlupf für die Waschfrauen, hätte das Mädchen nicht sterben müssen.

Für die verschollenen Seeleute gibt es einen Trauergottesdienst. Die Kirche ist bis auf den letzten Platz besetzt. Witwen und vaterlose Kinder sitzen in den ersten Reihen. Niemand in Litlakot erwähnt die französischen Segelboote, die auch schon auf dem Weg nach Island sein müssten.

Sæmundur hat um Guðfinnas Hand angehalten. Nach der Messe am letzten Sonntag wollte er noch mit ihr hinunter zum Tjörnin laufen. Sie sah ihn lange an, diesen leicht müde wirkenden, aber großen und gut aussehenden Mann. Eigentlich hat sie damit gerechnet, dass er ihr eine Stelle als Haushälterin anbieten würde. Dass er an den Saisonwechsel zur Kreuzauffindung denkt. War darauf vorbereitet, ihm zu sagen, dass sie keine Anstellung wolle. Nie wieder. Dass sie ein ganz neues Leben führe, seit sie mit Stefanía nach Reykjavík gekommen sei, und auch weiterhin unabhängig bleiben wolle. Mit einem Antrag hatte sie nicht gerechnet.

Es war windstill, und der See stank. Dieser Geruch ekelte sie so sehr, dass sie ein paar Schritte vom Ufer zurücktreten musste.

Sæmundur sagte, dass er immerzu an sie denken müsse, seit er sie zum ersten Mal gesehen habe, bei seiner Verwandten Anna auf dem Hof Sveinsbær. Allein der Gedanke an sie habe ihm durch den harten Winter geholfen. Und die Hoffnung, ihr hier und dort über den Weg zu laufen. Er wünsche sich, dass sie mit ihm in den Westen nach Kaplaskjól komme. Sich Mjóanes anschaue und seine Kinder kennenlerne. Sich mit ihm den Sonnenuntergang über dem Meer ansehe. Die Sonnenuntergänge dort seien so wunderschön im Frühling. Er würde gut zu ihr sein. Immer!

Wie konnte sie ihn dazu bringen, nicht weiterzureden? Sie ertrug es nicht, ihm weiter zuzuhören. Wollte ihn nicht verletzen, wünschte ihm nur das Beste, konnte ihn aber nicht heiraten. Liebte ihn nicht. Sína hatte gesagt, dass man nicht lieben müsse, wen man heirate. Dass man einen Geliebten haben könne, vielleicht sogar mehrere … Das hatte Guðfinna schon damals nicht verstanden. Inzwischen dachte Sína sicher auch anders.

Und auch seine Kinder wollte sie unter keinen Umständen sehen. Musste an früher denken, als ihr Vater starb und sie und ihre Geschwister getrennt wurden. Wie sie weinten und sich nichts sehnlicher wünschten, als zusammenzubleiben. Sie bewunderte Sæmundur dafür, wie er es schaffte, seine Familie zusammenzuhalten, doch sie wollte nicht die

Rolle der Ersatzmutter spielen. War sich sicher, dass er eine gute Frau finden wird, die ihm zur Seite steht.

Sæmundur wollte ihr nicht zuhören, wollte nicht glauben, dass sie das ernst meinte. Was sollte er tun, um sie von seiner Liebe zu überzeugen? Sie bezweifelte gar nicht, dass es ihm ernst war, doch sie blieb bei ihrer Meinung. Wollte nicht heiraten. Schließlich bot er ihr die Haushälterinnenstelle an, doch auch die lehnte sie ab.

Es war bitterkalt, und Guðfinna begann zu zittern. Sie sagte, dass sie sich nicht verkühlen wolle, und gab ihm die Hand. Er bat sie, es sich noch einmal zu überlegen, doch sie schüttelte entschieden den Kopf. Wünschte ihm für die Zukunft alles Gute und machte sich schnell auf den Heimweg. Er wollte sie begleiten, doch da lief sie nur noch schneller. Lief, bis sie ihn nicht mehr hinter sich herkommen hörte.

Völlig durchfroren erreichte sie Litlakot, legte sich ins Bett und zog sich die Decke über den Kopf. Weinte, als würde ihr Herz zerspringen. Hatte das Gefühl, dass alles um sie herum zusammenbrach. Wusste nicht mehr ein noch aus.

26

Als es endlich milder wird und der Frühling kommt, erwacht die Stadt zu neuem Leben. Die Menschen strömen ins Freie und genießen es, draußen herumzuschlendern. Alles ist auf den Beinen. Offenbar auch eine Räuberbande, die die Stadt mit Plünderungen aus den Trockenschuppen und von den Wäscheleinen der betuchteren Bürger heimsucht. Und das, obwohl es nachts schon nicht mehr ganz dunkel wird. Und in so großem Umfang, dass sich schließlich sogar der Landvogt einschaltet. Die Litlakot-Frauen schmunzeln vor sich hin. Zum Glück spricht noch niemand davon, dass sich jemand Zugang zum Bischofshaus verschafft hat.

Alle Waren aus Litlakot verkaufen sich sofort. Meist kümmert sich Jóka darum, aber manchmal gehen auch Guðfinna und Sína nach der Arbeit noch in die Stadt, zwar vor allem, um Leute zu treffen, hin und wieder aber auch, um das eine oder andere Stück loszuwerden. Glücklicherweise stoßen sie bei diesen Ausflügen nie auf Sæmundur. Guðfinna möchte ihm nicht über den Weg laufen. Hat sich in letzter Zeit nicht gut gefühlt. Weiß, dass sie ihn verletzt hat, sah aber keine andere Möglichkeit. Sie versucht, nicht an die Kinder zu denken. Unterdrückt das schlechte Gewissen, denkt an ihr eigenes Glück. Darf auch ihre Gefährtinnen nicht im Stich lassen.

Sína ist inzwischen richtig schwerfällig geworden, doch sie sehnt sich nach Abwechslung, kennt viele Leute, und Guðfinna genießt es, mit ihr durch die Stadt zu laufen. Zuerst gehen sie immer zum Hafen und halten nach den ausländischen Booten Ausschau. Noch ist von der Galoper nichts zu sehen.

Eines Abends treffen sie auf Stonehill. Er ist wieder im Lande und im Hótel Reykjavík untergekommen. Die Wiedersehensfreude ist groß. Ein bekanntes Gefühl ergreift Guðfinna, und ihr Herz macht einen Satz. Hat sie auf ihn gewartet? Er umarmt sie beide und konzentriert sich dann auf Sína. Erzählt irgendetwas und gestikuliert dabei wild mit den Händen. Da ist er wieder, der Zigarrenduft in den Kleidern dieses rauen Mannes, der gleichzeitig so mild wirkt. Der Duft, von dem sie den Winter über geträumt hat.

Er redet viel, und sie versteht wenig bis überhaupt nichts, aber trotzdem genießt sie es, in seiner Nähe zu sein. Versteht selbst nicht, wie ihr gerade geschieht. Freut sich, als sie seine warmen Arme um sich spürt, und drückt kräftig zurück.

Auf dem Heimweg ist Sína niedergeschlagen. Die ausländischen Fischerboote treffen nach und nach ein, und auch Stonehill ist schon da, nicht aber die Galoper. Sie will die Hoffnung nicht aufgeben, darf die Hoffnung nicht aufgeben, doch sie wartet nun schon so unendlich lang auf ihren Valtýr, seit er im Herbst fortgesegelt ist. Die Geburt steht kurz bevor, und sie braucht ihn an ihrer Seite. Sie lächelt durch die Tränen. Will nicht glauben, dass ihm etwas zugestoßen sein könnte. Irgendwann wird die Galoper auftauchen, und alles wird gut …

An einem schönen Frühlingsabend sind die beiden wieder einmal unterwegs. Sie fangen unten am Hafen an. Sína steht lange da, starrt auf die Bucht und seufzt. Das Pferdeschiff liegt vor Anker, aber Stonehill ist nirgends zu sehen. Hat Guðfinna gehofft, ihm zu begegnen? Vielleicht ist er im Hotel oder im Schweinestall, aber dort können sie nicht hin. Die hochschwangere Sína im Schweinestall ... Das wäre Stoff für neues Geschwätz in Reykjavík. Als sie sich auf den Heimweg machen, laufen sie auf dem Austurvöllur Rustíkus in die Arme.

«Wohin des Weges, zu dieser späten Stunde? Die ehrenwerten Fräuleins haben doch nichts Geheimes vor?»

«Aber nein! Wir tun lediglich unserer Gesundheit etwas Gutes, lieber Rusti!», antwortet Sína. «Und was hat dieser Ehrenmann vor, so spät am Abend?»

«Irgendwer muss die Exkremente der besseren Leute zum Meer schaffen.»

«Ich hoffe, du hast die richtigen Eimer erwischt!»

«Oh ja! Die Wassereimer am Tage, die Toiletteneimer zum Abend ...» Er lacht herzhaft.

«Und, was gibt es Neues?»

«Der Besuch des Königs naht! Wem wohl die Ehre zuteilwird, die Ausscheidungen der Edelleute wegbringen zu dürfen?»

«Diese wertvolle Fracht kann nur einem anvertraut werden, mein lieber Rustíkus», feixt Sína. «Hast du sonst noch irgendetwas gehört?»

«Nur, dass Sigga aus der Hütte Bræðraborg dem Fräulein Madsen ein edles Herrenhemd verkauft haben soll, das vor einigen Tagen aus dem Trockenschuppen von Kaufmann

Pøren verschwunden ist. Aus himmelblauer Seide!», donnert Rustíkus.

«Sigga aus Bræðraborg, dieses Weibchen. Sie wird das Hemd doch wohl nicht selbst gestohlen haben?» Sína schlägt sich mit der Hand auf den Oberschenkel.

«Nein, nein, sie beteuert, zwölf Bissen Pökelfleisch und ausgebesserte blaue Wollsocken für das Hemd gegeben zu haben.»

«Und woher hat sie das Pökelfleisch?»

«Aus dem Trockenschuppen von Pétur Oddsson vom Hof Litla Klöpp.»

«Ein Hemd, sagst du.» Guðfinna wirkt nachdenklich. «Und weißt du, was das Fräulein dafür gegeben hat?»

«Ein Paar Seidenstrümpfe und einen Vatermörder.»

«Wirklich?» Guðfinna grübelt weiter. «Dann muss ihr dieses Hemd ja wirklich wichtig gewesen sein, dass sie sogar Seidenstrümpfe dafür geopfert hat!»

«Damit will sie doch bloß den Landvogt ins Bett locken, das Modepüppchen. Ich weiß doch, wie die tickt!», sagt Sína und streicht sich über den Bauch.

«Dieses Pack ist doch auch nur auf das eine aus. Aber die tun so, als wären sie etwas Besseres! Mensch, wie rund du geworden bist, Mädchen!» Rustíkus lacht schallend.

«Hallihallo!», ist der Nachtwächter zu hören. «Es ist elf Uhr, und der Wind frischt auf!»

«Oh nein, auf Lási habe ich wirklich keine Lust. Immer dieses verdammte Gehabe. Macht es gut, meine Mädchen! Der bischöfliche Toiletteneimer wartet!» Rustíkus nimmt seine Eimer und stapft weiter.

«Seidenstrümpfe und einen Vatermörder. Vielleicht sind unsere Hemden zu billig …», murmelt Guðfinna und sieht Rustíkus nachdenklich hinterher.

Sína verpasst ihr einen Stoß mit dem Ellbogen und wünscht Nachtwächter Nikulás freundlich einen guten Abend. Dann laufen sie den Hügel hinauf nach Hause.

27

Zwei Tage später bringt Sína einen bildschönen Jungen zur Welt. Guðfinna will die dänische Hebamme dazuholen, die seinerzeit nach Stefanía geschaut hat, doch die Geburt verläuft so glatt, dass sie noch kaum im Haus ist, als der Junge auch schon kommt. Die Hebamme schlägt nur noch staunend die Hände zusammen. Der Junge schreit kräftig und schläft kurz darauf auf dem Arm seiner Mutter ein. Sína ist müde, aber glücklich, kann gar nicht aufhören, sich das dunkel beflaumte Köpfchen anzusehen und die zarte Haut zu streicheln.

An diesem Tag wird in Litlakot gefeiert, Margrét backt Schmalzgebäck und holt die Tischdecke hervor. Sie lächelt den ganzen Tag. Kann das Glück noch nicht fassen, dass nun ein Kind bei ihnen in Litlakot lebt.

So froh Sína auch ist – auf einmal befällt sie doch die Angst. Wo bleibt der Vater? Sie wünscht sich nichts sehnlicher, als ihn einfach durch die Tür hereinkommen zu sehen, lächelnd und mit einem Lied auf den Lippen, in seinem Pulli und den Holzschuhen. Sehnt sich nach seinen starken Armen. Sehnt sich danach, ihm seinen Sohn zu reichen und ihn staunen zu sehen. Dass Valtýr sie betrügen könnte, kommt ihr nicht in den Sinn. An seiner Liebe hat sie nie gezweifelt.

Vielleicht ist die Galoper auf reiche Fischgründe gestoßen und hat es daher nicht eilig, den Hafen zu erreichen. Irgendwann wird sie kommen. Muss sie kommen.

Þorfinnur ist nicht minder entzückt von dem Jungen als seine Frau, doch nach einer Weile beschwert er sich über das Schreien, das ihm Kopfschmerzen bereite, vor allem morgens. Margrét ignoriert seine Beschwerde einfach, doch Sína regt sich auf. Sie ist empfindlich und nah am Wasser gebaut. Wo bleibt Valtýr denn auch, kann er nicht endlich kommen und sie mit nach Frankreich nehmen? Wo bleibt die Galoper?

Guðfinna leidet unter den Spannungen in Litlakot und arbeitet viel. Ist lieber unterwegs. Einmal, als sie von den Quellen zurückkommt, läuft ihr Stonehill über den Weg, und ihr Herz schlägt schneller. Er nimmt ihr den Bottich ab und trägt ihn nach Hause. Das hat sie noch nie zuvor jemandem erlaubt, doch jetzt lächelt sie und ist glücklich. Als sie so nebeneinanderher laufen, stellt sie sich vor, dass sie ein Paar sind, und will sich am liebsten bei ihm einhaken. Hält sich jedoch zurück. Sie hört heraus, dass er sich nach Sína erkundigt.

Mit Händen und Füßen gibt sie ihm zu verstehen, dass das Kind geboren ist. Stonehill kommt mit in die Hütte und begrüßt Sína und den Jungen. Hält ihn hoch in die Luft und lacht. Margrét beobachtet die Szene mit wachsender Unruhe. Was macht er mit dem armen Kind? Doch sie traut sich nicht, Stonehill das Baby wegzunehmen.

Nach einiger Zeit geht Sína wieder zu den Quellen. Margrét hat angeboten, mit dem Jungen zu Hause zu bleiben. Sie will sich gar nicht mehr von ihm trennen, und Sína weiß, dass er bei Margrét in guten Händen ist. Sína hat nur noch wenig Milch, und als sie schließlich ganz versiegt, sucht Margrét die dänische Hebamme auf und bekommt guten Rat von ihr. Kocht Wasser und vermischt es mit Kuhmilch. Achtet penibel auf größte Sauberkeit. Tut alles dafür, dass der kleine Wonneproppen wächst und gedeiht.

Sína verzweifelt langsam. Was soll aus ihr und dem Jungen werden, wenn die Galoper nicht mehr auftaucht? Valtýr hat gesagt, dass er zurückkommt, und sie hat keinen Grund, ihm nicht zu glauben. Hat er sie nicht gebeten, seine Frau zu werden? Wollte er sie nicht mit nach Frankreich nehmen? Den ganzen Winter über hat sie von Frankreich geträumt und sich darauf gefreut. An Bord sollte es doch wohl noch ein kleines Plätzchen für sie und das Kind geben, oder? Selbst wenn sie jahrelang warten muss, will sie bereit sein, wenn er kommt.

Sie weiß, dass das Segelboot aus Binic stammt, weiß, dass mehrere Boote von dort kommen. Wie es wohl ist, dort zu leben? Vielleicht fragt sie bei Gelegenheit den Sekretär, was er über Frankreich weiß. Sie will schnell die Sprache lernen und hofft, dort gute Leute kennenzulernen. Ob sie ihrem Vater dann aus dem Ausland schreiben wird?

Þorfinnur ist gereizt. Er will gut zu dem Jungen sein, ist ihn aber offensichtlich leid. Kann das Schreien nicht länger ertragen. Flieht morgens aus dem Haus, eilt zur Arbeit. Klagt über Kopfschmerzen. Und geht abends trotzdem in den Schweinestall.

Anfang Juni gibt es endlich Neuigkeiten über die Galoper. Sie hatte bereits die isländischen Fischgründe erreicht, ist jedoch mit einigen anderen Booten in die Osterunwetter geraten. Eines davon ist kurz darauf vor Mýrar gestrandet – die Besatzung konnte sich retten. Zwei Boote aber werden noch vermisst. Inzwischen sind jedoch Trümmerteile und andere Gegenstände an Land gespült worden, die angeblich von diesen Booten stammen. Laut den Überlebenden ist eines der vermissten Boote mit ziemlicher Sicherheit die Galoper.

Diese Nachricht verschafft Sína endlich Ruhe. Die letzten Wochen und Monate über ist sie so ängstlich gewesen, dass sie nun beinahe erleichtert ist. Das Warten hat ein Ende. Am nächsten Sonntag lässt sie den Jungen in der Kirche taufen. Sie hat keine Schwierigkeiten, den Vater zu benennen: der französische Seemann Valtýr von der Galoper. Dem Segelboot, das in den Osterunwettern vor Mýrar gesunken ist. Wie Valtýr weiter heißt, weiß sie nicht, doch sie weiß, dass sein Boot aus Binic kam. Der Junge wird nach seinem Vater auf den Namen Valtýr getauft. Alle Bewohner von Litlakot sind bei der Zeremonie dabei.

Sína hat den Jungen auf dem Schoß und erkennt seinen Vater in ihm wieder. Hofft, dass er sie sehen kann, und hält in der Kirche nach ihm Ausschau. Ob er hier irgendwo bei ihnen ist? Der Gedanke ans Meer lässt sie schaudern. Sie betet, dass die Wale und Seeungeheuer nicht seine Ruhe stören. Hofft, dass er es einigermaßen hell hat. Bricht in Tränen aus und mag nicht an ihn im Dunkeln denken, reißt sich aber zusammen, als die Trauer sie übermannen will. Vielleicht sind sie ja alle zusammen am Meeresgrund, die Gefährten von der Galoper?

Margrét sitzt neben Sína und strahlt wie die Sonne. Auf den ersten Blick könnte man meinen, der Junge sei ihr Sohn. So glücklich ist sie nicht mehr gewesen, seit sie ein junges Mädchen war.

Nach der Messe lädt Margrét zu Kaffee und Schokolade ein. Die Bewohner von Litlakot haben keine Verwandten in Reykjavík, aber Anna kommt auf einen Schluck vorbei, in Begleitung von Sæmundur. Rustíkus, Engel-Anna und Jón, der Tote, kommen auch.

Guðfinna merkt, dass Sæmundur darauf lauert, mit ihr zu reden, doch sie gibt ihm keine Chance. Als er sich an der Tür bei ihr verabschiedet, will er ganz offensichtlich noch etwas loswerden, hält ihre Hand und sieht ihr fest in die Augen. Doch Guðfinna zieht ihren Arm schnell zurück, tritt ins Haus und schließt die Tür.

28

Ende Juni dann die Entdeckung: Das Bischofshaus auf Laugarnes wurde geplündert! Alles ist verschwunden, vom größten Topf bis zum kleinsten Schüsselchen. Die Einzelheiten sind unklar, niemand weiß genau, wie viel überhaupt dort gewesen ist, aber trotzdem ist von beträchtlichen Werten die Rede. Und lagen nicht die französischen Pockenkranken im Bischofshaus? Besteht nun die Gefahr, dass die Krankheit sich wieder ausbreitet?

Ganz Reykjavík gerät in Aufruhr. Nicht nur der Diebstahl aus den Trockenschuppen und von den Wäscheleinen der wohlhabenden Bürger im Frühjahr – jetzt ist die Stadt auch noch mit einem Großraub konfrontiert, inklusive Infektionsgefahr. Zu was für einem Räubernest entwickelt sich Reykjavík?

Die Frauen aus Litlakot haben fast alles verkauft. Ein paar unverarbeitete Laken allerdings liegen noch unter Guðfinnas Matratze. Die Frauen lassen sich nichts anmerken und halten fürs Erste die Hände still.

Litlakot ist ein völlig anderes Haus geworden. Die neue Petroleumlampe steht blank poliert auf dem Schrank. Sína hat aus einem der Laken eine Tischdecke genäht und hübsch bestickt, und auch die Gardinen vom letzten Sommer mit weiteren Blumen verziert. Margrét hält die Stube sauber und sorgt dafür, dass immer frisch gepflückte Blumen im Haus sind. Jóka hat aus einem der vornehmen Häuser einen Oleanderableger mitgebracht, den Margrét nun heranzieht. Sie stellt ihn ins Südfenster, wo er am meisten Licht bekommt. Freut sich, ihn wachsen zu sehen. Das größte Wunder aber ist der kleine Valtýr, der alle Bewohner von Litlakot zu einer Familie vereint. Alle bis auf Þorfinnur.

Die Laune des Hausherrn verschlechtert sich zusehends. Tagsüber treibt er sich irgendwo herum, und wenn er zurückkommt, ist es oft schon Nacht. Dann ist er laut, weckt damit den Jungen auf und bringt ihn zum Schreien. Er ist gereizt und regt sich wegen jeder Kleinigkeit auf.

Einmal kommt er klitschnass und verärgert zurück und deutet an, dass er Sína und den Jungen zurück in den Norden schicken will. Margrét und Valtýr sind allein zu Hause.

«Niemals werde ich zulassen, dass er uns verlässt!», protestiert Margrét mit zitternder Stimme. Sie sitzt gerade bei Valtýr und versucht, ihn zum Schlafen zu bringen.

«Das ist mein Haus, ich entscheide das», erwidert Þorfinnur und streckt ihr seine Füße entgegen, damit sie ihm aus den nassen Sachen hilft.

«Das ist mein Zuhause, deshalb entscheide ich», widerspricht sie ihm entschieden und tut so, als würde sie seine ausgestreckten Beine nicht sehen. Ist überrascht, woher sie die Ruhe und den Mut nimmt. Hat Þorfinnur noch nie zuvor die Stirn geboten.

Fluchend reißt er sich selbst die nassen Sachen vom Leib und holt sich trockene Socken. Margrét konzentriert sich ganz darauf, den Jungen in den Schlaf zu summen. Und beschließt dann doch zu versuchen, Þorfinnur umzustimmen. Ihn zu besänftigen.

«Siehst du denn nicht, wie schön und gemütlich wir es jetzt in Litlakot haben? Wir sind eine große Familie geworden.»

«Eine Familie, sagst du? Ein schreiendes Kind und eine Handvoll aufmüpfiger Weiber. Mein Kopf fühlt sich an, als würde er jeden Moment zerspringen. Ich ertrage das nicht mehr!»

«Leidest du so sehr, du Ärmster?»

«Ich bin nicht arm, und ich lasse nicht länger zu, dass ich mich in meinem eigenen Zuhause wie ein Gast fühlen muss!»

Dann wirft er sich aufs Bett und zieht sich die Decke über. Als Margrét es endlich geschafft hat, den Jungen zum Schlafen zu bringen, schleicht sie auf leisen Sohlen durch den Raum. Will Þorfinnur nicht noch mehr verärgern. Sie hat Angst. Weiß nicht, wozu er fähig wäre, traut ihm alles zu. Sie muss mit Guðfinna reden, die so klug ist und immer Rat weiß. Sie muss alles dafür tun, dass Sína bei ihnen bleibt. Will Valtýr nicht verlieren.

Sowohl im *Þjóðólfur* als auch in der *Tíminn* wird groß und breit über den Bischofshaus-Raub berichtet. Manche haben Angst vor den Dieben, andere sind empört. Und wieder andere machen sich über die ganze Sache lustig. Zum Glück scheinen sich die Pocken nicht auszubreiten, zumindest ist bislang noch niemand erkrankt.

Die Warteschlange beim Landvogt ist lang, und der Sekretär kommt kaum hinterher, alles aufzunehmen, was in der letzten Zeit gestohlen wurde. Eines ist klar: Hier muss endlich hart durchgegriffen werden, und der Landvogt will das Kapitel Diebstahl in Reykjavík ein für alle Mal klären. Die Schuldigen finden und bestrafen. Er trägt Nachtwächter Nikulás auf, ein Auge auf alle zu haben, die am Tage oder in der Nacht unterwegs sind. Und unverzüglich zu melden, wenn er etwas Verdächtiges beobachtet.

Da passiert auf einmal gar nichts mehr. In der gesamten Räuberhochburg Reykjavík wird nichts mehr gestohlen. Aber was ist mit den Sachen aus dem Bischofshaus? In den Zeitungen wird aufgezählt, was alles dort gewesen sein muss, und die Leute zerbrechen sich den Kopf. Wie können so viele Nachttöpfe, Decken und Bettbezüge spurlos verschwinden? Müssten die Sachen nicht irgendwo zu finden sein? Sind sie bei irgendwem in Gebrauch?

Margrét versucht, gut zu Þorfinnur zu sein. Sie hat mit Guðfinna gesprochen. Auch sie ist sich nicht sicher, wozu dieser Mann fähig wäre. Daher bleibt ihnen nichts anderes übrig, als den Frieden mit ihm zu wahren. Sie beten zu Gott, dass er bald wieder auf dem Land zu tun hat und sie eine Weile Ruhe vor ihm haben. Doch leider sieht es nicht danach aus. Er rührt sich nicht vom Fleck und redet überhaupt nicht mehr von Arbeit am Hvalfjörður. Und auch die Arbeit am Borgarfjörður, von der er vor einiger Zeit gesprochen hat, ist kein Thema mehr.

«Woher kommt diese Petroleumlampe?», fragt Þorfinnur

eines Tages. Er hält die Lampe in der Hand. Liegt da ein Anflug von Spott in seinem Blick?

Bislang hat er kein Wort über die Lampe verloren, die ihm seit Monaten Licht spendet.

«Vom Kaufmann», antwortet Guðfinna. «Habe ich von meinem Guthaben gekauft.» Sie verkneift es sich, ihn zu ermahnen, vorsichtig zu sein und die Lampe nicht zu zerbrechen.

«Hast du nicht auch die Kohlen gekauft, die wir im Winter verheizt haben? Wenn ich mich recht entsinne, hat hier oft den ganzen Tag lang das Feuer gebrannt», fährt er fort. «Woher kommt all das Geld?» Er sieht Guðfinna herausfordernd an. «Du hast doch wohl nichts auf dem Gewissen? Etwas, das der Landvogt wissen sollte?»

«Mag sein, dass ich Kohlen besorgt habe, als der Torf knapp wurde», antwortet Guðfinna barsch. Sie will ihm sagen, dass sie Feuer gemacht hat, damit es seiner Frau besser geht. Wäre das nicht eigentlich seine Aufgabe gewesen? Doch sie will ihn nicht noch mehr gegen sich aufbringen, als er sowieso schon ist. Will sich nicht mit ihm streiten. Sie schlägt die Bibel auf, um das Gespräch zu beenden. Aber eines muss sie doch noch loswerden:

«Mancher nimmt jede Arbeit an, die er kriegen kann, und hat immer etwas zu tun, mein Lieber.»

«Ja, du bist die Allergrößte!» Darauf bekommt Þorfinnur keine Antwort mehr. Irritiert und böse guckt er Guðfinna an, sieht aus, als wollte er noch etwas sagen, doch dann macht er auf dem Absatz kehrt, stürmt aus dem Haus und knallt die Tür hinter sich zu. Weckt damit mal wieder den Jungen auf.

An der Pumpe hält Jóka Augen und Ohren offen. Dort werden die wichtigen Nachrichten ausgetauscht. Seit Nachtwächter Nikulás den landvögtlichen Auftrag bekommen hat, wachsam zu sein, patrouilliert er von früh bis spät durch die Straßen.

Im Nieselregen stapft Jóka los, die vollen Wassereimer am Tragjoch. Morgens, wenn der Körper noch nicht richtig wach ist, sind sie besonders schwer. Sie geht langsam, um so wenig Wasser wie möglich zu verlieren, weiß, dass sie im Laufe des Tages noch genug Spritzer abbekommen wird, und will nicht gleich zu Beginn des Tages nass werden. Sie ist noch nicht weit gegangen, als sie den Nachtwächter erkennt. Sieht, wie er einer Magd den Nachttopf aus den Händen reißt, den sie gerade in die Gosse entleeren will. Jóka geht noch langsamer und lauscht.

«Wo haben Sie denn diesen Nachttopf her, Mädchen?»

«Ich habe ihn nirgendwoher.»

«Der stammt doch wohl nicht aus dem Bischofshaus? Wem gehört er?»

«Na, dem Kaufmann natürlich.»

«Und woher hat er den Topf?»

«Das weiß ich nicht. Der Kaufmann kümmert sich um die Einkäufe.»

«Na, so ein Reinfall, Lási! Du Trottel ...», zischt Rusti, der mit schaukelnden Eimern auf dem Weg zurück zur Pumpe ist.

«Genau so sahen die Nachttöpfe aus dem Bischofshaus aus.» Nikulás gibt dem Mädchen den Topf zurück und kratzt sich am Kopf. Jetzt reißt Rusti dem Mädchen den Topf aus der Hand und richtet ihn auf Lási, der einen Schritt zurückstolpert.

«Solltest du den nicht besser beschlagnahmen?»

«Das Nachtgeschirr vom Kaufmann?»

«Der Topf könnte aus dem Bischofshaus stammen, selbst wenn er jetzt dem Kaufmann gehört.» Rusti fuchtelt mit dem Topf herum.

«Ich werde bestimmt nicht den Kaufmann des Diebstahls bezichtigen. Er ist schließlich Däne.»

Nikulás flieht vor Rusti, der ihn mit dem Topf verfolgt, die Magd auf den Fersen. Während Jóka wieder ihr normales Tempo aufnimmt, hört sie Rusti noch rufen:

«Lási, und was, wenn es die Kaufmannsfrau gewesen ist!?»

29

Guðfinna arbeitet fast nur noch an den Quellen, denkt schon lange nicht mehr an eine Stelle in einem feinen Haus. Sínas Erzählungen haben ihr diesen Traum endgültig ausgetrieben. Wie unbedarft sie damals noch davon träumen konnten, als Stefanía noch lebte.

Wie wäre es wohl weitergegangen, wenn Stefanía nicht gestorben wäre? Immer, wenn sie an ihre Freundin denkt, wird Guðfinna ganz wehmütig und bekommt Sehnsucht. Wenn sie an milden Abenden zum Skólavarðan hinaufläuft und über die Stadt blickt, hat sie das Gefühl, dass Stefanía da ist. Stefanía, die so gern wissen wollte, was auf der anderen Seite des Ozeans ist. Und immer etwas Neues erleben.

Gut zwei Jahre ist es nun her, dass sie nach Reykjavík gekommen sind, und Guðfinna hat sich schon lange an das Stadtleben gewöhnt. Doch nun sorgt sie sich, wie es weitergehen wird. Es war ihre Idee, die Sachen aus dem Bischofshaus zu nehmen. Und es hatte keiner großen Überzeugungskünste bedurft, Sína anzustecken. Sie beide tragen die Verantwortung dafür.

Im Bischofshaus hat sie eine Chance gesehen, ihnen allen das Leben ein wenig leichter zu machen. Die Frauen aus Litlakot hat die ganze Sache zusammengeschweißt, sie arbeiten wie eine gut geölte Maschine. Vor allem Margrét hat sich verändert, hat keine Angst mehr vor der Dunkelheit. Und auch keine schlimmen Träume mehr – redet nicht mehr von den Vorzeichen. Als dann auch noch Valtýr geboren wurde, ist sie richtig aufgeblüht. Aber nun macht Þorfinnur ihnen einen Strich durch die Rechnung.

An den Quellen schrubbt Guðfinna ärgerlich die Wäsche. Dann besinnt sie sich. Darf ihren Verdruss wegen Þorfinnur nicht an der Wäsche auslassen und sie nachher noch beschädigen. Sie hat diesen Teufel unterschätzt und Angst vor ihm. Weiß, dass er ihnen böse Absichten unterstellt. Hatte gehofft, dass er sich einfach nur über die Veränderungen in Litlakot freuen würde, sehen würde, wie viel sie arbeiteten, und es gut sein lassen würde. Sie hat sich nicht klargemacht, wie gefährlich er sein kann. Wahrscheinlich hätte sie ihn einweihen und für sich gewinnen müssen, aber ob ihr das gelungen wäre? Seit der Sache mit Stefanías Haar klafft ein tiefer Graben zwischen ihnen. Sína hätte das vielleicht hinbekommen. Aber jetzt ist es zu spät.

Sie hätte Jóka zwingen müssen, die Decke zu verkaufen – um die anderen haben sich die Leute gerissen. Dann hätte sie sich vom Erlös eine Wolldecke kaufen können. Aber mit der Alten war nicht zu reden gewesen. Diese Decke ist das größte Glück ihres Lebens. Noch dazu schläft sie auf einem der Laken aus dem Bischofshaus. Darauf hat sie bestanden, als Lohn für die Verkäufe. Sie genießt es so sehr, gute Bettwäsche zu haben. Wenn Guðfinna gleich zu Beginn gesagt hätte, dass alles verkauft werden muss und nichts in Litlakot bleiben darf, wäre sie wahrscheinlich vernünftig gewesen. Aber auch dafür ist es jetzt zu spät. Guðfinna beschließt, wenigstens die Laken unter ihrer Matratze noch schnell loszuwerden. Unverarbeitet bekommen sie sicher weniger dafür, aber solange noch Gestohlenes im Haus ist, kann sie nicht mehr ruhig schlafen.

Sie erschrickt, hat ganz in ihre Gedanken versunken vor sich hin gewaschen und nichts um sich herum wahrgenommen. Jetzt hört sie Rufe und Schreie und sieht, dass die anderen Frauen zur östlichen Quelle rennen. Ein kleiner Junge ist hineingefallen! Er hatte dort mit seiner älteren Schwester gespielt, während seine Mutter die Wäsche machte. Die Schwester steht schreiend am Abgrund und ruft um Hilfe. Die Frauen lassen alles stehen und liegen. Ein junges Mädchen wirft sich auf die Knie und versucht, den Jungen mit einem Wäscheklopfer zu erwischen und ans Ufer zu ziehen. Als es endlich gelingt, halten die anderen Frauen sie fest, damit nicht auch sie noch hineinstürzt. Sie verbrennt sich die Hände, doch sie schafft es, den Jungen herauszuziehen. Er schreit wie am Spieß. Auch seine Schwester und die Mutter schreien. Alle schreien.

«Du solltest auf ihn aufpassen!», kreischt die Mutter und verpasst dem Mädchen eine Ohrfeige. Daraufhin heult die Kleine noch lauter.

Der Junge wird nach Hause gebracht. Die jüngsten und flinksten Frauen gehen mit. Sie müssen so schnell wie möglich Hilfe holen. Das Mädchen, das ihn gerettet hat, will weiterwaschen und hält sich zunächst auch tapfer. Doch dann muss auch sie nach Hause gehen, von Schmerzen gequält.

Guðfinna ist schockiert, hört noch die Schreie des Jungen, als die Menge sich schon längst aufgelöst hat. Sie versucht, etwas Kaffee zu trinken, kriegt aber keinen Schluck hinunter. Ob es auch Valtýrs Schicksal sein wird, mit Sína zu den Quellen zu kommen und im heißen Dampf zu spielen, während seine Mutter wäscht? Sie hat schon oft Angst um die Kinder gehabt, die mit ihren Müttern herkommen.

Obwohl die Sonne vom hellblauen Himmel strahlt, wird an diesem Tag nicht gelacht, wenig geplaudert und kaum Kaffee getrunken.

Die Mädchen, die den Jungen nach Hause gebracht haben, sind zurück und kümmern sich um ihre Wäsche. Sie sind wortkarg, der Schrecken sitzt ihnen noch in den Knochen, und auch sie hören noch die Schreie des Jungen. Er hat noch lange weitergeschrien, sagen sie, bis ihm die Kräfte ausgegangen sind und er nur noch gezittert und erbrochen hat. Der Arzt war zum Glück zu Hause, aber der Junge zu diesem Zeitpunkt kaum noch bei Bewusstsein.

An den Quellen packen alle mit an, waschen die Wäsche derjenigen, die gehen mussten, und tragen sie abends gemeinsam in die Stadt.

Am nächsten Tag geht die Nachricht um: Der kleine Junge ist tot. Er war erst fünf Jahre alt.

30

Sína bemüht sich, nett zu Þorfinnur zu sein. Ihn wieder für sich zu gewinnen. Vor nicht allzu langer Zeit hat er sie noch Stieftochter genannt. Als alles noch gut war und sie für den Landvogt arbeitete. Am Anfang waren sie doch auch gut miteinander ausgekommen. Sie wünscht sich, dass es wieder wie früher wird. Wo soll sie auch mit ihrem Jungen hin, wenn sie nicht in Litlakot bleiben dürfen? Es sollte doch möglich sein, sich mit Þorfinnur zu verständigen.

Der Sommer ist nass, es regnet ständig, und die Straßen sind völlig aufgeweicht. Auch im Haus ist es feucht und kalt, aber es ist unvorstellbar, mitten im Sommer zu heizen. Zumal der Torf fast aufgebraucht ist und sie noch keinen neuen besorgt haben.

Jóka sitzt auf ihrem Bett, die Decke fest um sich geschlungen, ist gerade vom Wassertragen zurückgekommen. Sie macht ein finsteres Gesicht.

«Stellt euch vor, der Schurke von Nachtwächter hat mich mitten auf der Straße angehalten und mit allen möglichen Fragen gelöchert!»

«Spielt sich Lási jetzt zur obersten Instanz auf?» Sína schnalzt. «Meinst du, er ahnt etwas?»

«Was soll der schon ahnen? Das ist doch reine Neugier!» Jóka wiegt sich vor und zurück und schlägt die Fäuste zusammen.

«Der Kerl schläft kaum noch, schnüffelt Tag und Nacht für den Landvogt herum», sagt Margrét. «Vor ein paar Tagen hat er auch mich angehalten. Ich wollte ihn auf einen Schluck Kaffee einladen, aber dafür hatte er keine Zeit.»

«Der spinnt doch! Ständig diese Verdächtigungen!», schimpft Jóka, die sich gar nicht mehr beruhigen will.

Weil Sonntag ist und sie alle durchgefroren sind, wollen sie sich die geräucherten Rippchen kochen, die sie vor einigen Tagen im Tausch gegen ein Hemd bekommen haben. Guðfinna hat den anderen bereits etwas vorgelesen, wie jeden Sonntag, und einen Psalm haben sie auch schon gesungen.

Guðfinna ist gerade dabei, das Fleisch mit dem Beil zu zerteilen, als Þorfinnur plötzlich in der Tür steht. Mit kritischem Blick guckt er abwechselnd die Frauen und das Fleisch an.

«Nanu, Fleisch in Litlakot?»

«Stell dir vor, jetzt gibt es endlich mal einen Bissen Fleisch für dich!», verkündet Sína fröhlich. «Es ist schließlich Sonntag! Weißt du noch, am Innra-Fell hatten wir sonntags immer Fleisch!»

Þorfinnur antwortet nicht. Sieht sie mit leeren Augen an, als wüsste er nicht, wovon sie spricht. Vielleicht war er schon im Schweinestall.

«Woher kommt dieses Fleisch?»

«Aus Flóinn, das hat gestern ein Mann von dort mitgebracht, der in der Stadt zu tun hat. Es kommt von meinem Verwandten, dem Bauern auf Narfastaðir», antwortet Guðfinna ganz selbstverständlich.

«Du hast auch immer eine Antwort parat!» Es ist nicht zu überhören, wie wütend Þorfinnur ist. Guðfinna ignoriert seine Antwort und schneidet weiter das Fleisch klein.

«Möchtest du einen Schluck Kaffee?» Margrét umarmt ihn, doch er schüttelt sie ab.

«Der Landvogt ist auf der Suche nach den Dieben!»

Keine Reaktion, als hätte ihn niemand gehört.

«Er war mit dem Sekretär im Schweinestall und hat sich dort umgehört. Nach Neuigkeiten gefragt.»

«Will er nicht einfach nur ein Schlückchen trinken? Das macht er gern am Sonntag.» Sína versucht, fröhlich zu klingen. «Ich kenne ihn. Vorher hat er sicher schon ein oder zwei Gläschen mit dem Fräulein getrunken.»

Þorfinnur sieht sie an, der Blick immer noch leer. Das ist nicht der Þorfinnur, den sie damals am Innra-Fell kennengelernt hat. Dieser Mann macht ihr Angst. Sie nimmt Valtýr auf den Arm, drückt ihn fest an sich. Er darf ihnen nichts antun.

«Ich gehe davon aus, dass der Landvogt es sehr interessant fände, einige Dinge zu erfahren, die im Winter und Frühjahr in meiner Umgebung geschehen sind.»

«Zum Beispiel?», fragt Jóka schnell.

«Eine neue Petroleumlampe, Kohlen zum Heizen, eine Bettdecke vom Feinsten in Litlakot – und dass es hier seit Neustem geräucherte Rippchen als Sonntagsessen gibt!», zählt er auf und geht drohend auf Jóka zu. Er reißt an ihrer Decke, doch sie verkrallt sich darin und hält sie fest.

Guðfinna legt das Beil hin und sieht Þorfinnur scharf an.

«Reicht es nicht, dass du Stefanías Haare für Branntwein verscherbelt hast, als sie im Sterben lag? Dasselbe willst du jetzt auch noch mit deinem Ansehen tun?»

«Vielleicht gehe ich zum Landvogt, vielleicht auch nicht. Das hängt ganz davon ab, was ich fürs Schweigen kriege.»

«Du weißt doch, wie sehr ich mich vor der Dunkelheit fürchte», sagt Margrét. «Es geht mir viel besser, seit Guðfinna die Lampe gekauft und uns Wachskerzen und hin und wieder ein paar Kohlen besorgt hat. Das ist ein ganz anderes Zuhause geworden. Nun nimm doch Vernunft an, mein Lieber, und genieße es einfach.»

«Ich nehme, was ich für richtig halte!»

«Nein, nicht die Decke!»

Jóka und Þorfinnur gehen aufeinander los, und natürlich ist er stärker.

«Lass die Decke los, Þorfinnur!» Margrét hängt sich an seinen Arm.

«Ich schweige, wenn ich die Decke kriege», brüllt er und stößt Margrét zu Boden. «Ihr habt die Wahl!»

Der kleine Valtýr wird vom Lärm geweckt und beginnt zu schreien. Margrét steht auf, schnappt sich das Beil und geht damit auf ihren Mann zu. Ganz ruhig und überlegt. Þorfinnur weicht zurück und hält schützend eine Hand vor sich. Guðfinna nutzt diese Chance und entreißt ihm die Decke. Þorfinnur starrt Margrét an.

«Hast du den Verstand verloren, Weib?»

«Verschwinde auf der Stelle, du Unmensch, und lass dich hier nie wieder blicken!»

Er sieht sich kurz um, dann reißt er das Laken von Jókas Bett und stürzt hinaus.

31

Jóka schlüpft in den Schweinestall und sieht sich unauffällig um. An diesem Abend ist nicht viel los, vielleicht liegt das am Regen. Jón, der Tote, wandert durch die Kneipe und führt wie immer Selbstgespräche. Umarmt Jóka, die ihn wegscheucht. Sie will allein sein. Nikulás und Þorfinnur unterhalten sich. Sie stellt sich mit dem Rücken zu ihnen und spitzt die Ohren.

Der Zwischenfall in Litlakot sitzt ihr noch in den Knochen. Danach hat keine von ihnen das Fleisch so richtig runterbekommen. Den Rest haben sie versteckt, für den Fall, dass Þorfinnur herumschnüffelt. Valtýr wollte gar nicht mehr aufhören zu weinen. Vielleicht hatte er Bauchschmerzen, vielleicht hat er aber auch gemerkt, dass es seiner Mutter schlecht ging. Und dann fing auch noch Margrét an zu weinen. Sína versuchte, beide zu trösten, während Guðfinna gar nichts mehr sagte.

Jóka hört, dass Þorfinnur sich Schnaps von Nikulás erbetteln will, doch der ermahnt ihn, bei der Sache zu bleiben. Jóka geht zu Illugi an die Bar, bestellt sich selbst einen Schnaps und bezahlt einen für Þorfinnur. Bedeutet dem Wirt, Þorfinnur das Getränk zu bringen.

Jóka ist ratlos. Was wird aus ihrer Decke? Wo kann sie das gute Stück verstecken? Sie lauscht weiter.

«Und was haben sie alles gestohlen?»

«Bettdecken, Laken, eine Petroleumlampe … dieses Diebespack!»

Jóka ballt die Fäuste. Sie hört den Hausherrn schniefen.

«Und befindet sich das Diebesgut noch in Litlakot?»

«Ich bin nicht mehr Herr über mein eigenes Haus.»

«Das ist nichts Neues. Reißen Sie sich zusammen, Herr Tømmermester. Ich kann nicht die ganze Nacht hier sitzen. Ich habe noch anderes zu tun.»

Jóka grinst. Offenbar verliert Lási langsam die Geduld.

«Das ist nicht mehr mein Zuhause. Hacken Fleisch klein … Drohen, mich umzubringen.»

«Fleisch? Das Fleisch, das aus den Trockenschuppen gestohlen wurde?»

«… traue mich nicht mehr in mein eigenes Heim!» Jetzt schluchzt Þorfinnur.

Illugi, der die Szene beobachtet hat, kann nicht länger an sich halten: «Der Sultan von Litlakot wischt seine Rotznase an Nikulás' Schulter ab! Schande!»

Jóka gibt ihm ein Zeichen, Þorfinnur mehr Branntwein zu bringen.

«Nun lassen Sie das doch, guter Mann!» Nikulás ist verärgert.

«Ist aber schon bezahlt.» Illugi wird übermütig. «Darf es für den Herrn Nachtwächter nicht auch noch ein Schlückchen sein?» Doch Nikulás scheucht ihn weg, während Þorfinnur in einem Zug sein Glas leert.

«Erzählen Sie mir von den Decken. Befinden sie sich noch in Litlakot?»

«Das ganze Haus ist voll davon, Decken und Laken und noch mehr Decken …»

«Gut, Herr Tømmermester. Wir gehen jetzt zum Landvogt und unterrichten ihn davon.» Nikulás steht auf und zieht auch Þorfinnur vom Stuhl. Doch der kann sich kaum aufrecht halten, Nikulás muss ihn stützen.

Sie taumeln zum Ausgang, doch dort steht Jón, der Tote, und will Þorfinnur umarmen. Der verliert dadurch endgültig das Gleichgewicht und stürzt.

«Verdammt noch mal! Können Sie sich nicht auf den Beinen halten?» Nikulás und Jón versuchen gemeinsam, Þorfinnur wieder hochzuziehen, doch der liegt wie ein Sack am Boden und atmet rasselnd. Nikulás geht die Puste aus.

«Dafür habe ich keine Zeit mehr.»

«Lasst den Armen einfach liegen, ich kümmere mich um ihn!», ruft Illugi, der hinter der Bar hervorkommt und Þorfinnur aus dem Eingang schleift. «Hier in der Ecke kann er sich erst mal ausruhen. Wenn ich schließe, muss er sehen, wie er nach Hause kommt.»

Nikulás stürmt los und stößt in der Tür fast mit dem Dichter zusammen. Jón, der Tote, setzt sich zu Þorfinnur auf den Boden, streichelt ihn und murmelt vor sich hin:

«Na siehst du, du bist gar nicht tot …»

Jóka trinkt noch einen. Der Regen prasselt aufs Dach, und auch der Wind pfeift jetzt heftig. Die Menschen auf der Straße fangen an zu rennen, und in der Gosse feiern die Ratten.

32

Immer noch regnet es Bindfäden, der Bach führt so viel Wasser wie noch nie zuvor, und die Abwasserkanäle sind überflutet. An der Pumpe ist es kalt und ungemütlich – fast scheint es, als wäre mitten im Sommer der Herbst gekommen.

Die Wasserträger stehen Schlange. Jón, der Tote, pumpt langsam wie immer und summt ein Liedchen dabei.

«Hey, du Teufel, brauchst du den ganzen Tag dafür!?» Rusti macht Anstalten, ihn wegzuschubsen, doch Jóka geht dazwischen.

«Sei nicht immer so gemein zu ihm. Er war vor dir da. Genau wie Anna und ich.»

«Sind wir heute ein bisschen überheblich?», fragt Rusti spitz, traut sich aber nicht, ihr zu widersprechen.

«Glaube ja nicht, dass die Pumpe dir gehört, nur weil du der Frechste von allen bist!», zischt Jóka.

«Ja genau, mein Lieber, wir zwei Damen sind vor dir dran!» Anna baut sich vor Rusti auf. «Siehst du nicht, wie fein ich heute bin?»

«Donnerwetter, ist mir gar nicht aufgefallen, Engel-Anna! So, dann mal ran an die Pumpe, altes Weib. Jón, der Tote, ist endlich fertig!»

Jón zieht mit seinen vollen Eimern los, murmelt vor sich hin:

«Die findet keiner mehr, sind für immer verschwunden, tot, alle sechs.»

«Mensch, was bist du heute schlecht drauf, mein Armer! Hast du nicht gut geschlafen?» Jóka klopft Jón freundlich auf den Rücken.

«Ich habe schon überall gesucht …»

«Vielleicht sind sie schon alle bei Gott und spielen mit den Engelein. So, jetzt geh mal schnell mit deinen Eimern. Die Leute warten schon.»

Jóka hat die ersten Häuser mit Wasser versorgt, und der Regen lässt etwas nach. Rusti ist gerade an der Pumpe, als der Sekretär des Landvogts angelaufen kommt. Er hat es sichtlich eilig, bleibt aber trotzdem kurz stehen.

«Hat irgendwer von euch Þorfinnur aus Litlakot gesehen?»

«In meinem Bett war er heute Nacht nicht, der Schürzenjäger!» Anna schenkt ihm ihr schönstes Lächeln. «Was will der Herr Sekretär denn von ihm, so früh am Morgen?»

«Der Landvogt möchte ihn sprechen. War er heute Nacht zu Hause, Jórunn?»

«Was weiß ich! Als ich mich hingelegt habe, war er nicht da, und auch nicht, als ich aufgewacht bin. Haben Sie schon mit Margrét gesprochen?», fragt Jóka zurück.

«Sie sagt, dass er nicht nach Hause gekommen ist.»

«Na, was fragen Sie dann mich noch! Glauben Sie seiner Frau nicht?», faucht Jóka schnippisch.

«Hier hat also niemand Þorfinnur gesehen?» Der Sekretär guckt einen nach dem anderen an.

«Nein, guter Mann, und jetzt stören Sie uns nicht länger bei der Arbeit!», donnert Rusti. «Komm, Anna, du bist die Nächste!»

Kurz darauf kommt Jón, der Tote, in ungewöhnlich rasantem Tempo zurück. Mit leeren Händen und rudernden Armen.

«Was ist denn mit dir los? Hast du deine Eimer verloren?» Ásmundur, der Schiefe, hört auf zu pumpen und starrt ihn mit offenem Mund an.

«Er ist tot!», schreit er.

«Wer ist denn jetzt schon wieder tot?»

«Jóka, wo bist du? Jóka!»

«Da kommt die Alte doch schon. Drehst du jetzt völlig durch, Jón?» Doch Jón antwortet nicht, sondern packt sich Jóka und zieht sie hinter sich her, bis zu der Stelle, an der man Þorfinnur aus dem Bach gezogen hat. Er liegt am Ufer, sieht aus, als würde er schlafen. Jón, der Tote, ist völlig aufgelöst und zittert am ganzen Körper. Kriegt kein Wort mehr heraus.

«Jetzt beruhige dich, mein Guter.» Jóka nimmt ihn fest in den Arm. Dann kniet sie sich hin und richtet Þorfinnurs Kleider. Wischt ihm den Schmutz aus dem Gesicht und streicht ihm übers Haar. Er ist ganz kalt und steif. Sie guckt ihn lange an.

«Auf Wiedersehen, Þorfinnur», flüstert sie so leise, dass niemand es hört. «Gute Reise ...»

«Lassen Sie ihn, gute Frau. Es holt schon jemand den Arzt», sagt einer der Umstehenden und stupst Jóka an.

Sie steht auf, nimmt ihre leeren Eimer und eilt fort. Mit einem Ohr hört sie noch Engel-Anna lamentieren: «Im Bach ertrunken, und immer noch so schön!»

Unten am Hafen findet sie Guðfinna und Sína, die mit einigen anderen Frauen Salz ins Vorratshaus tragen. Schnell machen sich alle drei auf den Weg nach Hause zu Margrét und Valtýr.

33

Schon wieder ein Toter in Litlakot. Wer wird wohl der dritte sein?, denkt Guðfinna und zündet eine Kerze an. Nur noch zwei Kerzen sind übrig, die sie lange aufgespart hat, doch jetzt ist es an der Zeit, eine davon zu opfern. Margrét sitzt schluchzend mit der Bibel da und liest holprig daraus vor:

«Glaubet an das Licht, dieweil ihr es habt, auf dass ihr des Lichtes Kinder seid.»

Sína sitzt bei ihr und hält sie im Arm.

«Er war alles so wunderbar, bis er den Unfall hatte und dem Branntwein verfallen ist. Ich weiß noch, wie schön und gut er im ersten Sommer war …»

«Jetzt ist er wieder schön.»

«Guter Gott, und ich wollte ihn erschlagen!»

«Du wusstest nicht, was du tust. Nun komm, quäle dich nicht unnötig. Möchtest du etwas Heißes trinken? Das wird dich aufmuntern.»

Jóka dreht sich jammernd im Kreis, die Decke fest um sich gewickelt.

«Meine Decke, wo soll ich sie verstecken?»

«Du musst sie nicht verstecken, du hast sie geschenkt bekommen.» Sína sieht Jóka eindringlich an, die irritiert zurückstarrt.

«Jórunn Sveinsdóttir, hast du etwa vergessen, dass mein Valtýr dir diese Decke geschenkt hat? Weil er nicht wollte, dass du im Winter frieren musst? Das ist eine Decke von der Galoper. Die gesunken ist, sodass das leider niemand mehr bestätigen oder widerlegen kann.» Sínas Stimme bricht.

«Wie vergesslich du bist, Jóka. Wir haben nichts gestohlen, und Geschenke anzunehmen kann einem niemand verbieten. Jetzt setz dich und beruhige dich. Ich koche Kaffee», sagt Guðfinna. Sie geht in die Küche und setzt Wasser auf. Sie friert und kann sich nicht daran erinnern, mitten im Sommer jemals einen so düsteren Tag erlebt zu haben. Sie zündet die Petroleumlampe an und stellt sie auf den Tisch. Vielleicht muntert das Licht Margrét ein wenig auf.

Auf einmal klopft es; der Landvogt und der Sekretär treten ein. Die Frauen verstummen, nichts außer Margréts unterdrücktem Schluchzen ist zu hören.

«Was verschafft uns die Ehre dieses hohen Besuchs in unserer Hütte?» Sína kann den Hohn nicht verbergen.

«Jónasína, diese Männer sind gekommen, um der Witwe ihr Beileid zu bekunden.» Guðfinna geht auf sie zu und begrüßt sie. Die Männer räuspern sich verlegen und sehen sich um. Geben Margrét die Hand.

«Hier wird ja nicht gerade an Licht gespart, mitten im Sommer.» Der Landvogt ist kurz angebunden.

«Das ist ein dunkler Tag, und die Witwe kann ein wenig Licht durchaus gebrauchen. Ich hoffe, das stört die Herren nicht.» Jeder Muskel in Guðfinnas Körper ist angespannt, sie ist kurz davor, zu explodieren, doch sie setzt alles daran, ruhig und überlegt zu wirken.

«Wir möchten uns ein bisschen umsehen», sagt der Landvogt noch genauso einsilbig.

«Sie sehen doch, dass der Hausherr noch auf der Totenbahre liegt. Wäre es nicht angemessen, ihn erst einmal in Ruhe den Weg ins Grab finden zu lassen, bevor Sie seine Sachen durchwühlen?» Guðfinna bemüht sich genauso wenig, freundlich zu sein.

«Damit ihr das Diebesgut fortschaffen könnt?»

«Welches Diebesgut?»

Der Landvogt antwortet nicht, sondern gibt dem Sekretär ein Zeichen, ihm zu folgen. Sie gehen in die Küche und klappern dort mit Gefäßen und Schüsseln herum.

Es dauert eine halbe Ewigkeit, bis sie zurückkommen. Und allen zeigen, wer hier das Sagen hat. Der Landvogt reißt Margrét die Bibel aus der Hand, und der Sekretär knallt einen Jutesack auf den Tisch.

«Da hilft auch das Beten nicht mehr!»

«Wie Sie sich aufspielen, Herr Landvogt! Darf ich Sie darauf aufmerksam machen, dass Sie die Tischdecke beschmutzen», sagt Sína. Sie drückt dem Sekretär den Beutel vor die Brust, nimmt die Decke vom Tisch und schlägt sie aus. Legt sie sorgfältig zusammen.

Es scheint fast, als hätte sie den Landvogt aus dem Konzept gebracht. Doch dann berappelt er sich, schnappt sich den Beutel und greift hinein. Zieht den Rest der geräucherten Rippchen heraus.

«Und was ist das hier?»

«Rippchen.» Guðfinna bleibt seelenruhig.

«Warum sind die in der Feuerstelle versteckt?»

«Damit sie nicht gegen Branntwein eingetauscht werden.»

«Sie haben auch auf alles eine Antwort, gute Frau.»

«Der Landvogt weiß offenbar nicht, wie es ist, jahrelang in der Angst zu leben, dass alles für Branntwein verkauft wird. Das musste unsere Margrét. Auch die Bibel, die Eure Hoheit ihr gerade entrissen hat, haben wir versteckt, damit Gottes Wort nicht dazu missbraucht wird, den Durst des Hausherrn zu löschen. Gott sei seiner Seele gnädig.»

Der Landvogt erschrickt und gibt Margrét schnell die Bibel zurück. Sofort schlägt sie das Buch wieder auf und fängt an, leise vor sich hin zu murmeln.

«Die ganze Stadt weiß, dass ich die Wahrheit sage!»

«Die ganze Stadt weiß auch, dass Litlakot ein Räubernest ist.»

«Ach, die Leute reden viel …» Jóka kann nicht länger schweigen. Sicherheitshalber hat sie sich auf ihre Decke gesetzt.

Es scheint, als hätte der Landvogt sie erst jetzt bemerkt. Er zieht Jóka vom Bett und greift nach der Decke. Beide reißen daran, doch der Landvogt ist stärker. Er wirft sie dem Sekretär zu.

«Und wie erklären Sie, dass eine Wasserträgerin unter einer der Decken aus dem Bischofshaus schläft?»

«Valtýr, der Vater meines Kindes, hat ihr die Decke im letzten Herbst geschenkt. Sie stammt vom französischen Segelboot Galoper, das in den Osterunwettern vor Mýrar gesunken ist.» Sína ist den Tränen nahe, daher spricht Guðfinna weiter:

«Diese Decke ist nie im Bischofshaus gewesen.»

«Wie können Sie es wagen, der Obrigkeit ins Gesicht zu lügen!»

«Jónasína hatte ein Verhältnis mit einem Franzosen, da hat das Mädchen recht», stammelt der Sekretär. «Sein Boot kam aus Binic und ist untergegangen. Da hat sie auch recht.»

«Der Landvogt sollte vorsichtig damit sein, Leute des Diebstahls zu bezichtigen!»

Der Landvogt und sein Gehilfe reißen alles aus den Betten, durchwühlen die Schränke und klopfen die Wände ab, ohne etwas zu finden. Schließlich schnappt sich der Landvogt den Beutel mit dem Fleisch und geht zur Tür. Dort dreht er sich noch einmal um.

«Ich werde Sie vorladen! Kommen Sie, Ólafur.» Dann ist er weg.

Der Sekretär sieht sich verwirrt um. Er will die Decke mitnehmen, doch Jóka krallt sich daran fest. Will sie nicht hergeben. Lässt einen Schrei los.

«Machen Sie es sich doch nicht so schwer, gute Frau.»

«Das ist meine Decke!»

Sie zieht noch fester daran, und auf einmal ist ein Krachen zu hören, als wenn etwas reißen würde. Der Sekretär zieht ein letztes Mal an der Decke und stößt Jóka um. Er stürmt aus dem Haus und knallt die Tür zu.

34

Die nächsten Tage sind düster. Immer noch hängen dicke Wolken über der Stadt. Dieser Sommer ist ein richtiger Regensommer.

Jetzt hat Margrét schon zwei Männer verloren. Zuerst Jóhannes, den guten Jungen. Hätte Þorfinnur doch bloß den Brief nicht verbrannt, könnte sie sich jetzt Jóhannes' Schrift ansehen und Trost darin finden. Diesen Brief hat sie schon oft vermisst, jetzt aber ganz besonders. In ihrer Erinnerung sieht sie Jóhannes immer im Sonnenschein. Er war zwar weder besonders gesprächig noch unterhaltsam, aber so solide und verlässlich. Hat er ihr nicht auch sein Hab und Gut vermacht?

Und jetzt ist auch noch Þorfinnur gestorben, ist abends auf dem Heimweg in den Bach getorkelt und ertrunken. Vielleicht hatte er auch einen Schwächeanfall? Er musste viel aushalten in seinem Leben, war seit Jahren krank, litt seit dem Unfall im Lagerhaus unter quälenden Kopfschmerzen, und war noch dazu auf einem Auge blind. Aber er besaß Litlakot, sein eigenes, schuldenfreies Haus, und hatte das wunderbare Trockengestell dahinter gebaut. Nicht viele Hütten können sich eines solchen Luxus rühmen.

Und die Kinder, die sie kriegen wollten, wurden alle viel

zu früh geboren. Darunter litt er genauso wie Margrét. Je mehr sie darüber nachdenkt, desto klarer wird ihr, dass das Leben ihm nicht wohlgesonnen war. Kein Wunder, dass er im Alkohol Trost suchte.

Ihr größter Trost ist Valtýr, der kleine Sonnenschein von Litlakot. Jetzt lebt sie für ihn.

Als der Landvogt Jókas Decke nahm, war es, als würde er ihr gleichzeitig auch den Boden unter den Füßen wegreißen. Schweigsam und geistesabwesend trägt sie seitdem ihr Wasser. Die alte Jóka ist nicht mehr dieselbe. Sie ist immer eine solche Frohnatur gewesen, auch wenn das für ihre Mitmenschen manchmal anstrengend sein konnte. Jetzt geht sie nicht mehr in den Schweinestall und legt jeden Taler für eine Wolldecke beiseite. Das wird noch eine ganze Weile dauern, aber diese Decke kauft sie von ihrem eigenen Geld, sodass sie ihr niemand mehr nehmen kann.

Pferdehändler Stonehill hat die Bewohner von Litlakot den Sommer über regelmäßig besucht. An vielen Abenden geht er nicht ins Hotel oder in die Kneipe, sondern nimmt Kurs auf Litlakot, setzt Valtýr auf den Schoß und lässt ihn auf seinen Knien reiten. Es ist lustig, diesen großen, groben Mann mit einem Baby auf dem Schoß zu sehen, das in seinen Pranken noch winziger wirkt. Sein Haar ist noch grauer geworden. Der Bart auch. Eigentlich sieht er wie ein gutmütiger Riese aus. Am Anfang meinte Margrét noch, Valtýr vor ihm beschützen zu müssen, doch diese Angst hat sie mit der Zeit abgelegt. Neulich kam er mit einer viel zu großen Matrosenmütze an, die er dem Jungen schenkte. Und kurz darauf mit geschnürten Lederstiefeln vom Kaufmann.

Als er das nächste Mal den Kopf durch die Tür steckt und den aufgebahrten Þorfinnur sieht, erschrickt er fast zu Tode. Er setzt sich zu Margrét, und obwohl sie sich kaum unterhalten können, ist die Stille nicht unangenehm. Stonehill hat den Jungen auf dem Arm und singt leise. Margrét kennt das Lied nicht, findet aber, dass es schön klingt. Und der Junge schlummert friedlich. Schon merkwürdig, dieser gutmütige Ausländer. Margrét würde ihm Kaffee anbieten, wenn die Bohnen nicht ausgegangen wären. Als er wieder aufbricht, steckt er ihr Geld zu und guckt in Þorfinnurs Richtung. Margrét bringt ihn zur Tür, nimmt seine beiden Pranken und segnet ihn überschwänglich.

Guðfinna und Sína kümmern sich um die Beerdigung. Margrét ist es völlig egal, wie die Trauerfeier aussieht und wie die Gäste bewirtet werden – ganz anders als bei Stefanías Beerdigung. Diesmal braucht Guðfinna keine Hilfe bei der Planung. Sie weiß, was zu tun ist, und versucht, die Kosten so gering wie möglich zu halten.

Die größte Herausforderung ist es, Sargträger zu finden. Guðfinna weiß nicht, wen sie fragen könnte, und als sie sich bei Margrét erkundigt, erntet sie bloß einen leeren Blick. Hatte Þorfinnur denn gar keine Freunde? Familie? Schon, aber an aktuelle Freunde kann Margrét sich nicht erinnern. Womöglich wohnen seine alten Freunde nicht mehr in Reykjavík. Er hat sie auf jeden Fall seit Urzeiten nicht mehr getroffen. Und seine Brüder, die am Anfang mit in Litlakot gewohnt haben? Margrét glaubt, dass sie auf der Halbinsel Reykjanes leben, an der Njarðvík oder in Garður, doch sie will ihnen nicht schreiben, sie nicht um Hilfe bitten. Will nicht riskieren, dass sie sich wieder in Litlakot einquartieren, jetzt, da die Frauen es dort so schön haben. Und seine Eltern sind schon lange tot.

Wieder einmal sucht Guðfinna Anna auf, die wie immer hilfsbereit ist. Sagt, dass sie sich darum kümmern werde. In Annas Küche fällt plötzlich alle Anspannung von Guðfinna ab, und sie merkt, wie ausgebrannt sie ist. Es ist, als würde etwas in ihr zerbrechen, und sie beginnt zu weinen. Vielleicht ist es die Erinnerung an Stefanías helles Lachen in diesem Raum. Der Gedanke an das, was ganz anders kam als erwartet. Schmerzliche Sehnsucht. Vielleicht ist es auch die Sorge, die ihr die Sache mit dem Bischofshaus bereitet, und die Frage, wie sie ihre Haut retten sollen. Sie versucht, sich zusammenzureißen, doch die Tränen sind stärker. Heult Rotz und Wasser.

Anna erwähnt Sæmundur mit keinem Wort, strickt schweigend vor sich hin, als würde sie gar nicht merken, dass Guðfinna weint. Sie sitzen lange in der warmen Küche. Als Guðfinna sich verabschiedet, streicht Anna ihr mütterlich über die Wange und bittet sie, bald wiederzukommen.

Nach wochenlangem Regen wird das Wetter endlich besser, und es bleibt trocken. Die Straßen brauchen noch eine ganze Weile, bis sie wieder einigermaßen begehbar sind.

An Þorfinnurs Beerdigungstag scheint die Sonne. Die Fahnen in der Stadt hängen auf Halbmast. Alles läuft reibungslos. In der Kirche hat Margrét Valtýr auf dem Schoß, der die meiste Zeit schläft. Sie ist ruhig und strahlt etwas Helles, Friedliches aus.

35

Als Þorfinnur beerdigt ist, eröffnet der Landvogt die Verhandlung. Halb Reykjavík ist im Gerichtssaal zusammengekommen. Die gesamten Diebstähle dieses Jahres sollen nun aufgerollt werden. Sekretär Ólafur steht am Pult und zerrt nervös an seinem Halstuch. Ist vor lauter Eifer ganz fleckig im Gesicht.

Jóka ist verärgert, musste noch früher als sonst aufstehen, um vor Beginn der Verhandlung mit dem Wassertragen fertig zu sein. Auch Sína und Guðfinna hätten eigentlich zu den Quellen gemusst. Margrét hat den schlafenden Valtýr auf dem Schoß. Sie ist die Einzige, die gelassen wirkt.

Die Zeugenvernehmung dauert ewig. Viele sind einfach nur gekommen, um zuzuhören. Manchen fällt es schwer, still zu sitzen, sie plaudern und schnupfen miteinander. Auf dem Tisch des Landvogts liegt der Rest der geräucherten Rippchen aus Litlakot.

«Ruhe im Saal!», brüllt der Landvogt und lässt den Hammer auf den Tisch donnern. «Wo ist dieses Fleisch verschwunden?»

«Aus dem Trockenschuppen von Nesbær, Ende des Winters. Vermutlich hat es sich jemand zwischen den Latten herausgeangelt», sagt Katrín, die Bäuerin.

«Erkennen Sie das Fleisch wieder?»

«Und ob! Das ist Klængur, unser sechs Winter alter Bock, im letzten Herbst geschlachtet.»

«Wie können Sie so sicher sein, dass es sich um Ihren Bock handelt?»

«Das sehe ich am Fett. Sehen Sie sich das gute Stück doch mal an, das war ein Prachtexemplar.»

«Sie dürfen sich setzen. Guðfinna Ólafsdóttir, bitte treten Sie in den Zeugenstand. Ich erinnere Sie an Ihre Pflicht, die Wahrheit zu sagen.»

Guðfinnas Herz pocht, und ihre Hände sind feucht, doch sie versucht, ruhig zu wirken, und guckt den Landvogt entschlossen an. Dann antwortet sie selbstbewusst:

«Herr Landvogt, es gehört nicht zu meinen Angewohnheiten, Unsinn zu reden.»

«Und wie erklären Sie, dass dieses Fleisch, das erwiesenermaßen aus dem Trockenschuppen von Nesbær verschwand, in der Feuerstelle von Litlakot aufgetaucht ist?»

«Diese Rippchen hat mir mein Verwandter Sigfús Jónsson geschickt, Bauer auf Narfastaðir in Flóinn. Weshalb sie im Küchenboden von Litlakot vergraben waren, ist dem Landvogt bekannt.»

«Du lügst doch! Das ist unser Klængur! Du hast das Fleisch aus unserem Trockenschuppen gestohlen!»

«Das habe ich nicht getan. Auf diesem Hof bin ich nie gewesen. Schließlich freunde ich mich nicht mit jedem an.»

«Ruhe im Saal! Das Gericht wird Sigfús Jónsson auf Narfastaðir aufsuchen und Guðfinnas Aussage prüfen. Guðfinna, Sie dürfen sich setzen. Als Nächstes bitte ich Jórunn Sveinsdóttir, nach vorne zu kommen.»

In diesem Moment betreten Jón, der Tote, und Rustíkus den Saal. Kurz darauf kommen auch Engel-Anna und Ásmundur, der Schiefe, herein. Jón kann nicht sitzen und läuft summend durch den Saal. Geht mit Jóka in den Zeugenstand.

«Nun setzen Sie sich endlich, guter Mann. Es folgt die Verlesung der geprüften Zeugenaussage von Guðmundur Árnason vom Hof Bóndastaðir.»

Der Sekretär räuspert sich, trinkt einen Schluck Wasser und räuspert sich noch mal. Dann beginnt er zu lesen:

«Der Zeuge sagt aus, Jórunn Sveinsdóttir habe in der zweiten Oktoberhälfte darüber geklagt, dass sie im Winter vor Kälte sterben werde, weil sie so wenig zum Zudecken habe.»

«Jetzt machen Sie mich aber wütend, mein Herr, das habe ich ganz sicher nicht gesagt. Guðmundur, dieser Hammel, ist zu mir ins Bett gekrochen und wollte mich wärmen, völlig ungebeten, denn außer ihm war niemandem kalt!»

Der Saal bricht in Gelächter aus, und Jón, der Tote, freut sich so sehr, dass er lauthals singen muss.

Der Landvogt schlägt auf den Tisch und gibt Ólafur ein Zeichen, weiterzulesen.

«Im Monat Þorri sei eine Daunendecke in Jórunns Bett aufgetaucht, deren blau gestreifter Bezug genauso aussehe wie die Bettbezüge, die aus dem Bischofshaus gestohlen wurden.»

«Jórunn Sveinsdóttir, ich erinnere Sie daran, dass Sie der Wahrheit verpflichtet sind. Woher haben Sie die Decke, die ich vor Kurzem aus Ihrem Bett genommen habe?»

«Das haben wir Ihnen doch schon erklärt. Mensch, Sie sind wirklich schwer von Begriff. Valtýr, der Vater von Jónasínas Sohn, hat mir die Decke im letzten Herbst geschenkt. Gott habe ihn selig.»

«Vom Gericht berufene Leute sagen, dass die Decke aus dem Bischofshaus stammt!»

«Das müssen sie mit ihrem Gott ausmachen. Ich habe die Decke geschenkt bekommen!»

«Was wissen Sie sonst noch über den Raub aus dem Bischofshaus?»

«Nicht das Geringste. Ist es nicht Sache der Obrigkeit, etwas darüber zu wissen? Darf ich jetzt gehen?»

Wieder prustet der Saal los, und der Landvogt macht eine wegwerfende Handbewegung. Jóka setzt sich grinsend. Valtýr schreit, und Sína versucht, ihn zu beruhigen. Der Landvogt sieht aus, als würde er am liebsten aus dem Saal stürmen, doch er nimmt sich zusammen und hämmert fest auf den Tisch. Als Nächstes ist Þorsteinn Jónsson aus Vesturkot an der Reihe.

Doch statt ihm steht wieder Katrín vom Hof Nesbær auf, die dem Gericht mitteilt, dass ihr Bruder krank sei. Er leide unter einem schlimmen Hexenschuss, doch sie sei von ihm bevollmächtigt worden, für ihn auszusagen.

«Das ist doch immer dasselbe mit diesem Schlappschwanz! Kann sich noch nicht einmal dazu aufraffen, vor Gericht zu erscheinen!», schimpft Rusti lautstark und erntet von vielen Seiten Zustimmung.

«Das Rückenleiden hat er sich geholt, als er mit Guðfinna aus Litlakot Salzfisch tragen musste. Mit diesen Leuten hat man doch nur Ärger!» Katríns Stimme überschlägt sich fast.

«Dieser Schwächling kann es ja noch nicht mal mit 'ner Frau aufnehmen!» Rusti ist aufgesprungen und schlägt wild um sich.

«Ruhe im Saal! Diese Debatte ist des Gerichts nicht würdig!» Gereizt wendet sich der Landvogt an Katrín. «Und was möchten Sie uns über die Geschäfte zwischen Ihrem Bruder und Jónasína berichten?»

«Nur, dass Jónasína im frühen Advent zwei Nachttöpfe im Angebot hatte. Der eine war groß und mit Rosen verziert, den hat mein Bruder im Tausch gegen eine Matratze bekommen. Der andere hatte keine Griffe, den hat Þuríður Ívarsdóttir gegen einen kleineren Topf getauscht, den sie von Una aus der Hütte Uppsalir bekommen hatte, den Una wiederum von Kaufmann Pørens Magd im Tausch gegen einen ähnlichen Nachttopf bekommen hatte wie den, den Þorsteinn von Töpfchen-Sína erhalten hat. Nur, dass das Rosenmuster eine andere Farbe hatte.»

Ihr geht fast die Puste aus, doch sie blickt triumphierend durch den Saal. Sekretär Ólafur hebt eine Hand.

«Moment! ... im Tausch gegen einen ähnlichen Nachttopf ...»

«Danke, Sie können sich setzen, Katrín. Jónasína wird gebeten, in den Zeugenstand zu treten, und sie sei eindringlich daran erinnert, die Wahrheit zu sagen.»

Langsam schreitet Sína zum Zeugenstand, mit Valtýr auf dem Arm. Sie hat sich ihre Zöpfe zu einem Kranz um den Kopf gelegt, doch unter ihrem schwarzen Tuch sieht sie blass und müde aus. Ein Raunen geht durch den Saal, und die Leute werden unruhig. Der Landvogt erschrickt, als er den Jungen im Zeugenstand sieht.

«Kann Ihnen nicht irgendjemand das Kind abnehmen?»

«Nein, Valtýr bleibt bei mir.» Sínas Stimme zittert, ansonsten ist sie ganz ruhig.

«Na gut. Woher haben Sie besagte Nachttöpfe?»

«Nirgendwoher.»

«Es ist durch Zeugenaussagen belegt, dass Sie diese und weitere Nachttöpfe ähnlicher Art in Umlauf gebracht haben. Das können Sie nicht leugnen.»

«Ich kann mich nicht daran erinnern, einen Nachttopf angerührt zu haben, seit ich der Obrigkeit im letzten Jahr den Kaffee serviert habe.»

Schon wieder wird schallend gelacht, einige klatschen und stampfen mit den Füßen. Der Landvogt wartet den größten Lärm ab, dann schlägt er auf den Tisch und donnert:

«Nach allem, was ich gehört habe, scheint es mir notwendig, Guðfinna Ólafsdóttir, Jónasína Pálsdóttir, Jórunn Sveinsdóttir und Margrét Karlsdóttir in Gewahrsam zu nehmen, während die Angelegenheit weiter untersucht wird. Wünschen es die Angeklagten, gegen diese Entscheidung Berufung einzulegen?»

Valtýr hat angefangen zu weinen. Sína wiegt ihn hin und her und ruft, so laut sie kann:

«Was würde das schon ändern? Ich erlaube mir nur, zu hoffen, dass die Obrigkeit für Valtýr und mich einen ordentlichen Nachttopf im Zuchthaus bereithält!»

Der Saal bebt vom Lachen der Leute, während Sína zurück zu ihrem Platz läuft. Ihr ist schwindelig, und sie schafft es gerade noch, sich hinzusetzen. Dann gibt sie Margrét den Jungen und bricht in Tränen aus. Der Landvogt hämmert auf den Tisch, doch niemand beachtet ihn. Da schließt er die Verhandlung und stürmt aus dem Saal, während Ólafur weiter am Pult steht und sein Protokoll zu Ende führt.

36

Der Landvogt hat etwas zu vorschnell gesprochen. Das Zuchthaus platzt aus allen Nähten, daher werden die Frauen schon am nächsten Tag wieder nach Hause geschickt. Litlakot ist ein weiteres Mal durchsucht worden, jedoch vergeblich. Der Kaufmann bestätigt, dass Guðfinna die Petroleumlampe von ihrem Guthaben erstanden hat, dasselbe gilt für eine Wolldecke und die Kohlen, die sie sich hin und wieder gegönnt hat. Auch sonst weiß er nur Gutes über sie zu berichten.

Als Jóka an der Pumpe erscheint, wird sie freudig begrüßt. Jón, der Tote, drückt sie fest an sich, und Ásmundur, der Schiefe, beteuert, dass das Leben an der Pumpe ohne sie ein völlig anderes, deutlich tristeres sei.

«Na, na, so schlimm ist es nun auch wieder nicht», donnert Rusti und grinst, «aber schön, dass du wieder da bist.» Engel-Anna quiekt vor Freude.

Dann soll Jóka erzählen. Wie war der Aufenthalt im Zuchthaus? Doch anders als sonst ist sie schweigsam. Will möglichst wenig Aufhebens um sich machen und lenkt schnell auf andere Themen.

Sie befürchtet, dass die feinen Leute kein Wasser mehr von ihr haben wollen. Doch diese Angst stellt sich als völlig unbegründet heraus, niemand deutet auch nur an, sie loswerden zu wollen.

Als sie mit ihren Eimern zum Landvogt eilt, macht sie sich auf schwere Vorwürfe gefasst, doch auch die bleiben aus. Das Küchenmädchen ist schon in Wassernot geraten und sichtlich erleichtert über Jókas Besuch.

Guðfinna und Sína arbeiten von früh bis spät. Es sind Berge von Wäsche zu bewältigen, und jede Menge Salzfisch muss getrocknet werden, jetzt, da endlich die Sonne scheint. Sogar am Sonntag wird der Fisch ausgebreitet, das gute Wetter muss ausgenutzt werden, solange es anhält. Margrét bleibt meist mit Valtýr zu Hause. Sína freut sich, sieht, wie gut er gedeiht, und weiß, dass er nirgendwo besser aufgehoben wäre. Und sie merkt auch, wie gut es Margrét tut, sich um den Jungen zu kümmern.

Der Bischofshaus-Fall gilt als so gut wie aufgeklärt. Der Landvogt ist dabei, die letzten Beweise zusammenzutragen, und sobald er alles beisammenhat, wird er das Urteil verkünden. Was keine der Frauen wusste: Für die Verurteilung sind offizielle Papiere nötig. Das erfährt Guðfinna, als sie in der Stadt Sekretär Ólafur begegnet. Im Moment warte man noch auf ihre Taufurkunden oder die Führungszeugnisse. Zur Not gingen auch die Konfirmationsurkunden.

Jóka schnalzt. Ihre Papiere befinden sich weit im Osten, da können die Gesellen lange warten. Zumal die Kirche abgebrannt ist, hoffentlich mitsamt den Kirchenbüchern. Immer dasselbe, da draußen auf dem Land.

Seit ihrer Nacht im Zuchthaus hat Sína viel nachgedacht. Es ist eine Erfahrung fürs Leben gewesen, mit dem Jungen eingesperrt zu sein. Die ganze Nacht hat sie kein Auge zugetan. Was soll nur aus ihnen werden? Am schlimmsten ist es morgens. Dann ist sie voller Angst, drückt Valtýr an sich, vermisst seinen Vater und weint. Sie versucht, so optimistisch wie möglich zu sein, was ihr in Gegenwart der findigen, klugen Guðfinna noch am besten gelingt, doch zwischendrin gewinnt die Verzweiflung immer wieder die Oberhand. Die Nächte sind ein einziger Albtraum.

Guðfinna ist schweigsam und nachdenklich. Der Aufenthalt im Zuchthaus hat sicher bei ihnen allen Spuren hinterlassen. Am wenigsten noch bei Margrét, die vor allem damit beschäftigt war, den Ort zu inspizieren, an dem ihr Þorfinnur gewirkt hat. Wegen seiner Kopfschmerzen hat er zwar nicht oft arbeiten können, doch sie meint trotzdem, seine Handschrift zu erkennen.

An einem freundlichen Abend läuft Guðfinna wie so oft den Hügel hinauf und steigt auf den Skólavarðan. Genießt das Alleinsein, muss in Ruhe nachdenken. Spürt Stefanía, das gibt ihr Kraft. Der Juli ist in gleichem Maße sonnig, wie der Juni nass gewesen ist. Im milden Sommerwetter ist viel Bewegung zwischen den Landesteilen, daher ist es nur eine Frage der Zeit, bis die Papiere ihren Weg zum Landvogt finden. Dann wird das Urteil verkündet. Seit der Vorladung und der Verhandlung schläft sie schlecht.

Wie sie mitbekommt, glauben die meisten ihrer Aussage. Fast scheint es, als würden die Leute dem Landvogt misstrauen und sich über die ganze Sache lustig machen. Aber sie weiß auch, dass das alles nichts hilft, weil am Ende allein der Landvogt entscheidet. Ein schlechtes Gewissen hat sie nicht. Sie haben niemandem etwas gestohlen, haben lediglich Dinge genommen, die vergessen herumlagen, haben Dinge für sich genutzt, von deren Existenz keiner mehr wusste. Wäre es etwa besser gewesen, die Sachen im Bischofshaus verrotten zu lassen?

Das Leben in Litlakot hat sich verändert. Als Margrét Witwe wurde, ist die Hütte in ihren Besitz übergegangen. Wären sie nicht in Verdacht geraten, hätte sie dort viele Jahre lang unbehelligt leben können.

Guðfinna merkt, dass die anderen Frauen ihr vertrauen. Das freut sie, macht ihr gleichzeitig aber auch Angst. Was, wenn es ihr nicht gelingen sollte, ihrer aller Haut zu retten? Sie hat sich schon etwas überlegt. Sich einen Plan ausgedacht, in den sie als Erste Sína einweihen muss.

Es wird schon dunkel. Langsam läuft sie den Skólavörðuvegur hinunter, am Zuchthaus vorbei, das sie nicht ansehen will. Auf der anderen Seite der Bucht ist die Esja zu erahnen; dazwischen liegen Schiffe vor Anker. Plötzlich muss sie an Jakob denken. Ob auch er auf der Galoper war, als sie unterging? Oder hat er auf einem anderen Boot angeheuert? Ist es wirklich erst ein knappes Jahr her, dass Valtýr sich verabschiedet hat und fortgesegelt ist? Es kommt ihr wie eine halbe Ewigkeit vor.

Als sie Litlakot betritt, ist Stonehill da und hat Valtýr auf dem Schoß. Er singt leise, schaut auf und lächelt ihr zu.

37

In den nächsten Tagen hat der Landvogt anderes zu tun, als Urteile zu verkünden. Der Besuch des dänischen Königs steht kurz bevor und beansprucht alle Aufmerksamkeit.

Der Hafen ist voller ausländischer Schiffe, sowohl Passagier- als auch Kriegsschiffe. Der König selbst reist mit seinem Gefolge auf den Fregatten Jylland und Heimdal an. Das dritte dänische Kriegsschiff, die Fylla, fährt dem König vom Reykjavíker Hafen aus entgegen, sobald die Nachricht kommt, dass er die isländischen Gewässer erreicht hat.

«Schaffen die es etwa nicht, allein herzusegeln, diese Schafsköpfe?», schimpft Jóka, schon jetzt entnervt vom Wirbel um den König, bevor er überhaupt einen Fuß auf die Insel gesetzt hat. Wie immer friert sie. Am frühen Morgen war es noch freundlich gewesen, doch inzwischen hat es sich zugezogen, und es regnet immer wieder. Sie hofft, dass das nicht den ganzen Tag so weitergeht.

«Was hast du dir denn vorgestellt? Diese Leute haben doch noch nie in ihrem Leben auch nur einen Handschlag getan. Tun nichts anderes, als sich auf Festen den Hintern platt zu sitzen. Aber kommen mit zwei Kriegsschiffen angesegelt! Schande! Ingólfur Arnason ist mit nur einem Wikingerschiff aus Norwegen gekommen, mitsamt seinem Vieh und

Gefolge, und hat trotzdem unsere ganze Insel in Besitz genommen. So, weiter jetzt, Jón! Unser feiner Herr Ásmundur hat es eilig!» Rusti kann seinen Ärger nicht verbergen. Seit er erfahren hat, dass der König beim dänischen Gouverneur residieren wird, hat er schlechte Laune. Denn für den Gouverneur ist Ásmundur zuständig, der sich über die unverhoffte «Beförderung» freut. Das Gefühl hat, eine im wahrsten Sinne des Wortes tragende Rolle beim Königsbesuch zu spielen.

«Ich ertrage es nicht, dich so über den König reden zu hören, der uns doch eine neue Verfassung bringt!» Engel-Anna meldet sich lautstark zu Wort, was völlig untypisch für sie ist. Sie hat es eilig. Sie will mit der Arbeit fertig sein, wenn die Schiffe anlegen. Will sich ein dänisches Kleid anziehen und ihren König in Empfang nehmen. Sein Sohn, Prinz Waldemar, ist unverheiratet. Auf ihn freut sie sich besonders.

«Eine völlig unbrauchbare Verfassung! Du mit deiner verdammten Dänen-Vergötterung!» Rusti schnappt sich seine vollen Eimer und stapft los.

«Wie mies der heute drauf ist!» Engel-Anna pumpt hastig und eilt ihm hinterher, zum Haus des Grundschuldirektors. So leichtfüßig ist sie schon lange nicht mehr gewesen.

Guðfinna und Sína sind bei den Quellen, aber Margrét und Jóka sind mit Valtýr am Hafen. Margrét hat sich richtig rausgeputzt. Jóka wollte zuerst nicht mitkommen, doch Margrét hat sie überredet. Wollte nicht allein gehen. Und jetzt scheint sich Jóka doch ganz gut zu amüsieren.

Eine große Menschentraube ist am Hafen zusammengekommen. Die Leute tragen Festtagskleider, und es liegt

Spannung in der Luft. Da ist auch Engel-Anna. Hat sie mal wieder zwei Kleider an, eins über dem anderen? Sieht ganz so aus. Vielleicht konnte sie sich nicht entscheiden und hat einfach beide angezogen. Dazu trägt sie einen breitrandigen Hut, den eine der Hausherrinnen ihr geschenkt hat. Damit sticht sie zwischen all den Trachten und Quastenmützen richtig heraus.

Wie hypnotisiert starrt Margrét auf die Landungsbrücke. Nie hätte sie gedacht, dass man den Empfang des Königs so schön gestalten könnte. Die Brücke ist von Fahnen gesäumt, und am Ende wurde ein Ehrenbogen errichtet. Er ist mit rotem Tuch umwickelt und mit einer goldenen Krone geziert. Das Beste daran: Diese Krone ist ein Geschenk von den Franzosen. Das hat zumindest Sína gehört, und sie glaubt daran. Der König und sein Gefolge sollen darunter herlaufen. Zwischen den Fahnenstangen hängen Girlanden aus Heidekräutern und -blumen, und auch der Bogen ist damit geschmückt.

Etwas so Wunderschönes hat Margrét noch nie in ihrem Leben gesehen. Sie weiß, dass eine ganze Reihe von Mädchen tagelang damit beschäftigt war, den Blumenschmuck zu flechten. Sie nimmt sich vor, später noch einmal hinzugehen und sich genau anzusehen, wie die Girlanden gemacht sind. Will das auch mal ausprobieren. Blumen pflücken, sie flechten und in Litlakot aufhängen.

Die ausländischen Kriegsschiffe haben ihre Flaggen gehisst und schießen Salut, als das Königsschiff in die Bucht einfährt; ein Schiff beginnt, und dann schießen auch die anderen. Der Kanonenlärm ist höllisch, manche halten sich die Ohren zu. Und dann scheint es, als würden sich selbst die

Wettergötter auf die Seite des Königs schlagen, denn plötzlich klart es auf, die Sonne bricht hervor und ein prächtiger Regenbogen steht über dem Hafen.

Nachdem der König an Land gekommen ist und zahlreiche Reden gehalten wurden, löst sich die Menge langsam auf. Der König und Prinz Waldemar ziehen sich in die Residenz des Gouverneurs zurück.

Jóka hatte keine Ahnung, was sie erwartet, vielleicht hat sie sich einen König mit Umhang und Krone vorgestellt, auf jeden Fall findet sie sowohl den König als auch den Prinzen ziemlich gewöhnlich. Immerhin tragen beide Säbel. Margrét sieht das anders. Sie findet den König würdevoll und den Prinzen schön.

«Man hat doch kaum etwas von ihnen gesehen!» Jóka gibt nicht nach. Will keine Bewunderung zeigen.

«Ich habe genug gesehen, um zu erkennen, was für edle Leute das sind», antwortet Margrét bestimmt. Der kleine Valtýr wird ihr langsam zu schwer, daher geht sie schnell nach Hause.

Am Abend läuft Margrét noch einmal zum Hafen, diesmal kommt Sína mit. Jóka bleibt zu Hause, mit Guðfinna, die zu müde ist. Sína muss sich die goldene Krone auf dem Ehrenbogen ansehen. Begeistert schlägt sie die Hände zusammen. Sie sind sich einig, dass sie aus reinem Gold sein muss. Als Sína dort steht und zur französischen Kostbarkeit aufschaut, spürt sie ihren Valtýr. Sie hat das Gefühl, dass er direkt neben ihr steht, sie streckt die Hand aus und lächelt ihm zu. Eine Träne kullert ihr über die Wange.

Es ist zwar einiges los, doch sie schaffen es trotzdem, sich bis zu den Girlanden durchzukämpfen. Margrét prägt sich genau ein, wie sie geflochten sind und aus welchen Blumen. Sie ist voller Bewunderung, wie schick es in Reykjavík geworden ist. Am Bach entlang ist ein Zaun gebaut und weiß gestrichen worden. Die ganze Stadt wirkt so aufgeräumt. Überall sind Masten aufgestellt worden, an denen Fahnen flattern; die Bewohner der Hütten haben einfach die Trockenständer beflaggt, auf die sie sonst ihre nassen Lederhosen stecken, wenn sie vom Fischen zurückkommen.

Margrét will sofort losziehen an den Stadtrand, um nach Pflanzen Ausschau zu halten, die sie verarbeiten kann. Sie findet Bärentrauben- und Krähenbeerensträucher und blühende Grasnelken. Sammelt von allem ein bisschen in ihre Schürze. Sína ist in ihre eigene Welt abgetaucht, noch ganz erfüllt von der Goldkrone und den Gedanken an Valtýr. Von Weitem sehen sie eine Gruppe Menschen, die zügig marschieren. Wie sie am nächsten Morgen erfahren, war das der König mit seinen Leuten auf dem Weg zur Öskjuhlíð, um sich den Ort anzusehen, an dem die Feierlichkeiten stattfinden sollen.

Als Margrét und Sína nach Hause kommen, schläft der kleine Valtýr, und auch Jóka schnarcht, nur Guðfinna ist noch wach und grübelt.

38

Am Morgen nach den Feierlichkeiten hat Rusti an allem etwas auszusetzen. Was sollte der ganze Zirkus überhaupt? Die Leute in ihren besten Kleidern bei Sturm auf den staubigen Hügel marschieren zu lassen, um sich dort oben Reden anzuhören? Hat man je etwas Dämlicheres gehört? Selbst wenn sie einen Festplatz hergerichtet, Fahnen und Wimpel aufgehängt und Kaffee gekocht haben. Und dann ist der König noch nicht einmal aufgekreuzt, weil er mit wichtigen Leuten zu einer Feier ins Gymnasium musste, wo er irgendwelche Hansel mit Orden behängt hat. Da war das Besteck aus Gold und Silber! Das müsste diejenige doch am besten wissen, die das Wasser zur Schule gebracht hat. Rusti schäumt vor Wut.

«Was für eine Schmach!»

«Aber nach der Feier ist der König doch auf die Öskjuhlíð gekommen, und der Prinz auch. Bis in den Abend hinein sind sie geblieben! So volksnah.» Engel-Anna verteidigt vehement ihren König.

«Das ist ja wohl das Mindeste, nachdem man so einen Aufwand für ihn betrieben hat! Und natürlich mussten alle Dänisch sprechen. Lauter Verrückte standen da im Sturm und haben sich aufgebläht. Ingólfur Arnason hätte das sicher nicht gefallen.»

«Du vergisst die Musik!»

«Ach ja, der Katzenchor», schimpft Rusti weiter. «Davon hat man vor lauter Wind kaum etwas gehört. Wahrscheinlich hatten die Sänger Mund und Nase voll mit Staub. Und dann dieses ewige Kanonengeschieße. Diese Leute können doch noch nicht mal mit einem Gewehr umgehen!»

«Ja, das mit den Soldaten war wirklich traurig. Aber sie haben sich gut geschlagen, die Armen.»

«Das war doch total idiotisch! Kanonen auf den Hügel zu schleppen und damit beinahe die Leute umzubringen … Hoppla, wie schick Ási in seinem schwarzen Mantel aussieht. Würde mich nicht wundern, wenn der König ihn dafür mit einem Orden versieht!» Rusti stapft mit seinen Eimern los.

Ásmundur stellt seine leeren Eimer ab. Seit der König da ist, trägt er diesen Mantel, der nicht ganz so zerschlissen ist wie seine anderen Sachen. Er antwortet nicht, tut so, als hätte er Rusti nicht gehört.

«Ob er dir denselben Orden fürs Nachtgeschirr verleiht? Er will doch sicher wissen, wer sich um seine Ausscheidungen kümmert!», ruft Jóka ihm hinterher. «Jetzt beeil dich, Anna, ich bin nach dir dran.»

«Geh ruhig vor, ich habe es heute nicht eilig», sagt Anna, die in Plauderlaune ist. Sie ist mit ihren Gedanken noch ganz bei den Soldaten und dem Unfall. Ja, sie waren wirklich etwas ungeschickt, die Ärmsten. Einer hat eine Hand verloren, ein anderer den Arm bis zum Ellbogen. Es hat tierisch geblutet, aber zum Glück war der Arzt vor Ort.

«Und trotzdem haben sie nicht aufgehört mit der Knallerei, diese Esel!» Jóka reißt wütend den Schwengel hoch.

«Ich habe dich gestern gar nicht gesehen, Jóka!»

«Nein, ich bin mit dem Kleinen zu Hause geblieben, damit seine Mutter hingehen konnte. Ich habe den König bei seiner Ankunft gesehen. Auch den Prinzen. Dieser Kerl ist noch nicht mal Manns genug, unsere Milch zu trinken! Hat seine eigene Ziege mitgebracht! Solche Schrullen!»

«Am Abend hat sich der Wind gelegt, es war richtig schön!» Engel-Anna dreht sich lächelnd im Kreis. «Nicht wahr, Jón?» Jón, der Tote, antwortet nicht, doch er strahlt.

«Und jetzt reisen sie in den Osten. Die ganze Gesellschaft fährt zur Nationalversammlung. Hoffentlich scheint dort die Sonne für unsere wunderbaren Gäste.»

Sína, Guðfinna und Margrét hatten trotz des Staubsturms ein paar schöne Stunden auf der Öskjuhlíð. Guðfinna verfolgte das Programm, während Sína sich vor allem auf die Kleidung der wohlhabenden Leute konzentrierte. Sie ging Fräulein Madsen aus dem Weg, musste aber zugeben, dass sie geschmackvoll gekleidet war: trug einen langen dunklen Mantel mit Pelzkragen und dazu einen Federhut. Auch wenn die aufgewirbelte Erde ihre Spuren an den Federn hinterließ.

Nikulás war in seiner Nachtwächteruniform gekommen und hatte seine Stachelkeule dabei. Jede Stunde verkündete er die Uhrzeit. Als der Landvogt seine Rede hielt, achtete Sína darauf, so weit weg zu stehen, dass sie kein Wort davon hören musste. Die meisten Leute waren in Tracht gekommen, und viele trugen ihr bestes Schultertuch. Es war schlimm, sie damit in all dem Staub stehen zu sehen.

Margrét war früh aufgestanden, um die erste von drei Messen im Dom zu besuchen. Sie wusch sich und putzte sich heraus, eilte zur Kirche und fand ganz hinten noch einen Platz. War ganz hingerissen von der feierlichen Stimmung und dem Gesang. Die Kirche war blitzblank geputzt. Der König selbst war zwar nicht anwesend, aber das machte nichts. Die Sonne schien durch die Fenster und tauchte alles in so wunderschönes Licht, dass Margrét das Göttliche förmlich spürte. Als sie nach der Messe aus der Kirche trat, hatte es aufgefrischt, und über der Öskjuhlíð war die Sonne hinter einer dichten Staubwolke verschwunden.

Sie hatte bereits die Zweige und Grasnelken, die sie gepflückt hatte, zu einer Girlande geflochten und in Litlakot aufgehängt. Ganz so schön wie die am Hafen war sie allerdings nicht geworden, dafür fehlte ihr die Übung. Auf der Öskjuhlíð entdeckte sie Klee, der noch blühte. Pflückte ein paar Stängel, die sie noch ergänzen wollte.

Guðfinna teilte nicht Sínas und Margréts Interesse am Königsbesuch und hatte schon gar keine Lust, an diesem freien Tag in aller Herrgottsfrühe aufzustehen, um in die Kirche zu gehen. Aber zum Fest kam sie dann doch mit. Machte sich schick und hoffte, Stonehill zu sehen. Sein Schiff lag vor Anker, doch sie konnte ihn nirgends entdecken.

Dafür traf sie auf Sæmundur, der in seiner Festtagskleidung den ganzen Weg von Kaplaskjól hergelaufen war, mitsamt der Kinderschar. Die Kinder sahen vielversprechend aus, alle sieben waren mit dabei. Guðfinna ermahnte sich, sie sich nicht zu genau anzusehen. Von einem kleinen Mädchen mit kupferrotem Haar und staubigen Sprenkeln im Gesicht konnte sie sich trotz ihres Vorsatzes nicht losreißen. Es war vielleicht fünf Jahre alt.

Sie musste an ihre kleine Schwester denken. War sie nicht im selben Alter gewesen, als sie getrennt wurden? Wie sehr sie die Kleine geliebt hat. Immer noch wird sie beim Gedanken an sie ganz schwermütig.

Auf einmal verspürte sie den Drang, mit dem Mädchen zu reden und es zu umarmen. Doch sie ballte die Fäuste und hielt sich zurück. Ging schnell woandershin, doch die Blicke des Mädchens verfolgten sie bis in ihre Träume. Als sie am nächsten Morgen aufwachte, sah sie das Mädchen immer noch vor sich. Sie stand schnell auf und lenkte sich mit der Arbeit ab.

39

Als der König abgereist ist und die meisten Schiffe fort sind, wirkt der Hafen leer. Doch schon nach einigen Tagen haben sich die Bewohner von Reykjavík wieder daran gewöhnt, und alles ist wie zuvor. In der Erinnerung aber leuchtet der Königsbesuch immer noch, und die Leute reden fast pausenlos davon.

Wenn Guðfinna und Sína morgens zu den Quellen laufen, ist es bitterkalt. Mit Schrecken denkt Sína daran, dass bald der Herbst kommt. Erinnert sich an den letzten Winter, der so hart gewesen ist. Was ist aus dem Sommer geworden? War er nicht viel zu kurz?

Eines Abends laufen sie alle hinunter zur Bakarabrú, der Brücke über den Bach. Packen Valtýr warm ein und nehmen ihn mit. Dieses Ereignis will sich niemand entgehen lassen: Zur Dämmerung wird die erste Straßenlaterne der Stadt entzündet. Als das Licht brennt und die erwartungsvollen Gesichter ringsum erleuchtet sind, geht ein Raunen durch die Menge. Und das ist nur die erste Laterne, weitere sind geplant. Die Leute unterhalten sich in kleinen Gruppen und schauen immer wieder zum Licht auf, können sich gar nicht daran sattsehen.

Die Einwohnerzahl ist schon wieder gestiegen. Ein Schiff wird erwartet, das Auswanderer nach Kanada bringt. Dieses Schiff war auch schon im Frühjahr hier, lag draußen in der Bucht, bis sich alle Passagiere versammelt hatten. Manche der Reisenden kommen von weit her. Haben ihre besten Kleider angezogen, sind ernst und blass, warten sehnsüchtig auf das Schiff, das sich verspätet hat. Haben ihre Verwandten in Reykjavík lange genug behelligt. Wollen endlich loskommen, die Überfahrt vor Einbruch des Winters schaffen. An diesem Abend gesellen sie sich zu den Stadtbewohnern und bewundern die Laterne. Irgendwer hat gehört, dass es in Amerika viele Laternen gibt und dass sie deutlich größer sind als diese hier.

Als die Frauen nach Hause kommen, ist Guðfinna bis auf die Knochen durchgefroren. Sie kocht Kaffee, zündet die Petroleumlampe an und bittet die anderen, sich zu ihr zu setzen. Valtýr schläft nach dem späten Ausflug tief und fest.

Sie alle haben den Moment gefürchtet, in dem die Papiere eintreffen. Sich vor dem Urteil im Bischofshaus-Fall gefürchtet, ohne diese Sorge mit den anderen zu teilen. Sie haben keine Vorstellung davon, wie das Urteil ausfallen könnte. Sie haben nicht gestanden – ist es dann überhaupt möglich, sie zu verurteilen?

«Ich befürchte, dass sie uns einfach auf Verdacht hin verurteilen», sagt Guðfinna niedergeschlagen. «Sína und ich sind noch nicht annähernd zehn Jahre in Reykjavík, also wird man uns fortjagen. Zurück aufs Land schicken.»

«Und uns beide wird man wie Almosenempfänger in irgendeine Hütte stecken, Jóka.» Margrét bricht in Tränen aus.

«Müssen wir Litlakot verlassen?» Jóka sieht Margrét verständnislos an.

«Wenn man uns eine Geldstrafe aufdrückt, kann ich die nicht bezahlen», schluchzt Margrét.

«Aber das waren doch wir alle zusammen! Du musst nicht allein dafür geradestehen», stammelt Jóka.

«Außer dieser Hütte haben wir doch nichts, mit dem wir bezahlen könnten, und außerdem ist das Diebesgut hier gefunden worden», sagt Margrét. «Natürlich habe ich eine Sünde begangen, aber ich finde, ich habe es nicht verdient, Litlakot zu verlieren.»

Guðfinna sieht einer nach der anderen in die Augen. Draußen verkündet Nachtwächter Lási, wie spät es ist: elf Uhr.

«Ich nehme diese Sünde auf mich», sagt sie schließlich.

«Nein, ich trage sie mit dir», fällt Sína ihr energisch ins Wort. «Wir haben das vom ersten Tag an gemeinsam getan.»

Die beiden anderen sind verdutzt. Schließlich stößt Margrét hervor:

«Aber es kann niemand die Sünde eines anderen tragen, niemand außer dem Erlöser.»

«Dann lass uns ihm ein bisschen von seiner Bürde abnehmen. Du wirst Litlakot nicht verlieren!»

Guðfinna dreht die Flamme kleiner und bittet die anderen, ihr gut zuzuhören. Sína steht auf und holt die Kaffeekanne. Bis tief in die Nacht stecken sie die Köpfe zusammen und tuscheln, sprechen alles ganz genau durch. Jetzt kommt es darauf an, dass alles bis ins Detail zusammenpasst.

40

Guðfinna und Sína waschen sich und machen sich zurecht. Dann gehen sie entschlossenen Schrittes zum Büro des Landvogts und bitten um ein Gespräch. Sie sollen noch einen Moment im Flur warten. Eigentlich hätten sie heute Salzfisch waschen sollen, doch die Arbeit muss warten. Vielleicht schaffen sie es ja noch am Nachmittag.

Der Landvogt ist erstaunt, sie zu sehen, und bittet sie, sich zu setzen. Er zeigt ihnen verschiedene Unterlagen und erklärt, dass er nun alle Urkunden beisammenhabe. Der Besuch des Königs habe ihn sehr in Beschlag genommen, doch nun werde das Urteil im Bischofshaus-Fall bald verkündet.

Guðfinna kommt direkt zur Sache. Sagt, dass sie gekommen seien, um den Diebstahl aus dem Bischofshaus zu gestehen. Der Landvogt macht große Augen, genau wie der Sekretär. Die Mädchen warten mit gesenktem Blick darauf, dass der Landvogt das Wort ergreift.

Schließlich bittet er sie, ihm alles zu erzählen. Guðfinna macht den Anfang, sie beginnt langsam und zögerlich, doch mit der Zeit erzählt sie immer flüssiger. Sína ergänzt hin und wieder etwas. Der Landvogt stellt viele Fragen, und der Sekretär kritzelt mit, was das Zeug hält. Guðfinna hat Kopfschmerzen. Hat in der letzten Nacht kaum geschlafen. Noch dazu ist ihr übel, sie hofft, jetzt nicht auch noch erbrechen zu müssen. Bittet um einen Schluck Wasser und fühlt sich danach ein wenig besser. Hat das Gefühl, schon Ewigkeiten dort zu sitzen.

«Hemden, Schürzen, Stehbrunzhosen – aus den Laken genäht, die Sie im Bischofshaus gefunden haben, und gegen Waren wie Trockenfisch und geräucherte Rippchen getauscht. Ist es so gewesen?» Der Landvogt macht ein Gesicht, als traue er seinen eigenen Ohren nicht.

«Ja, genau. Und diese Waren haben wir dann mit nach Hause genommen und nachts in der Feuerstelle vergraben. Ohne das Wissen von Margrét oder Þorfinnur.»

«Gesegnet sei das Andenken meines Stiefvaters», flüstert Sína.

«Und die Nachttöpfe?»

«Die haben wir gegen Petroleum und Kohlen getauscht. Die Leute haben sich darum gerissen.»

«Ist das alles?»

Sie nicken geknickt und senken den Blick.

«Ehrlich gesagt, hätte ich noch mehr Gesichter hier erwartet. Sie wollen doch nicht allen Ernstes behaupten, das Ehepaar aus Litlakot habe nichts von alldem gewusst!»

«Ist Þorfinnur nicht entschuldigt?», fragt Guðfinna, ohne zu überlegen, zurück.

«Lenken Sie nicht vom Thema ab!», fällt ihr der Landvogt verärgert ins Wort.

«Wir haben sie gezwungen, uns zu decken, haben ihnen Schlimmes angedroht», flüstert Guðfinna.

«Das war eine große Belastung für die beiden. Vor allem

für Margrét, die ein so gewissenhafter, guter Mensch ist.» Sína seufzt und gerät ins Stocken.

«Aber Jórunn, die Wasserträgerin – sie hat doch sicher mitgemacht!»

«Der Landvogt müsste so gut wie jeder andere wissen, dass Jóka den ganzen Tag lang nur Wasser trägt und sich jeden einzelnen Abend im Schweinestall um den Verstand säuft.» Zur Betonung schlägt Guðfinna die Hände zusammen.

«Aber sie ist eine Hehlerin. Hat den ganzen Winter unter einer gestohlenen Decke geschlafen.»

«Nein, mein Herr. Ich habe diese Decke aus dem Bischofshaus gestohlen und Valtýr geschenkt, meinem Liebsten, Gott habe ihn selig. Wir haben Ihnen doch schon gesagt, dass er Jóka die Decke geschenkt hat, bevor er im Herbst fortgesegelt ist, weil sie sich so vor dem Winter fürchtete. Wie oft müssen wir Ihnen das noch erklären?» Sína fängt an zu weinen. «Ach, ich muss immer weinen, wenn ich an Valtýr denke, diesen guten Jungen.»

Der Landvogt macht ein finsteres Gesicht und sieht die beiden lange an. Sína schluchzt, und Guðfinna guckt beschämt.

«Sie behaupten also, dass Ihre Mitbewohnerinnen absolut unschuldig an dem Diebstahl sind? Und auch sonst an nichts mitschuldig?»

Guðfinna hebt den Blick und sieht ihn entschlossen an.

«Bedingungslos.»

«Bedingungslos unschuldig am Diebstahl und auch sonst an nichts mitschuldig», murmelt der Sekretär und streckt sich. Schon wieder ist er vor Anstrengung ganz fleckig im Gesicht. Erinnert an ein gesprenkeltes Pferd. Guðfinna sieht ihn mitleidig an, dann senkt sie schnell den Blick. Am liebsten hätte sie losgeprustet, doch das wäre in ihrer Lage sicher nicht gut angekommen. Der Landvogt greift nach dem Protokoll und blättert darin vor und zurück. Sieht sie wieder mit festem Blick an.

«Bevor Sie das unterschreiben, möchte ich Sie darauf hinweisen, dass Sie ein schweres Verbrechen auf sich nehmen und hart bestraft werden. Noch haben Sie die Möglichkeit, Ihre Aussage zu ändern. Sobald Sie unterschrieben haben, ist das nicht mehr rückgängig zu machen.»

«Ist sich der Landvogt im Klaren darüber, welch große Überwindung es uns gekostet hat, hierherzukommen und zu gestehen?»

«Dem Landvogt ist völlig schleierhaft, woher plötzlich dieser Sinneswandel kommt. Vor einigen Wochen noch haben Sie alle Anschuldigungen vehement von sich gewiesen.»

«Lange Nächte habe ich wach gelegen und mir das Heulen des Windes anhören müssen, das wie das Seufzen derer klang, denen ich geschadet habe.» Guðfinna streckt die Hand nach dem Protokoll aus.

Sie gibt sich große Mühe mit ihrer Unterschrift. Sína ebenfalls. Der Landvogt lässt die Unterschriften trocknen, und als er aufsteht, fragt er:

«Ob das Heulen des Windes Sie von nun an in Ruhe schlafen lassen wird?»

Guðfinna sieht ihn an, als versuche sie, seine Gedanken zu lesen. Dann steht auch sie auf.

«Der Wind bläst, wo er will, und du hörst sein Sausen wohl; aber du weißt nicht, woher er kommt und wohin er fährt.»

«Wie bitte?»

«Johannes, Kapitel drei, Vers acht. Auf Wiedersehen!»

Als Guðfinna und Sína das Büro des Landvogts verlassen, regnet es schon wieder.

41

In den nächsten Tagen bleibt Sína mit Valtýr zu Hause, während Margrét Salzfisch wäscht. Guðfinna bricht frühmorgens zu den Quellen auf. Sie ist nicht ganz so schnell wie sonst, ist erschöpft. Blickt über die waschenden Frauen, kennt die meisten von ihnen, manche sogar gut. Ob sie in zwei Jahren immer noch hier sind – oder in zehn? Sie versucht, es sich vorzustellen, doch das fällt ihr schwer. Die verdammte Kälte macht ihr zu schaffen, sie zittert. Sie, der die Kälte sonst nie etwas anhaben konnte. Der die Nässe meist gar nicht so richtig aufgefallen ist. Jetzt versteht sie, warum Jóka sich seit Jahren mit Schnaps im Schweinestall aufwärmt.

Anfänglich hat sie die Esja nicht gemocht, doch inzwischen hat Guðfinna den Berg richtig gern. Sie richtet sich auf und lässt ihren Blick über den Bergrücken wandern, bis zum höchsten Punkt. Erkennt ganz oben frischen Schnee. Der Winter kündigt sich an.

Mit der Wäsche auf dem Rücken läuft sie nach Hause. Geht gemeinsam mit ein paar anderen Mädchen. Eine von ihnen hat einen Verwandten, der auf das Schiff wartet, das gen Westen fährt. Er hat alles verkauft, was er besaß, und damit die Passage für die ganze Familie bezahlt. Das Schiff muss bald kommen.

Als Guðfinna Litlakot betritt, wird es draußen schon dunkel. Es gibt Neuigkeiten: Morgen Mittag um zwei Uhr wird im Gerichtssaal das Urteil verkündet. Sína hat Tränen in den Augen, doch dann zwinkert sie sie weg, und etwas Verschmitztes blitzt hervor. Am nächsten Morgen soll sie für den Landvogt waschen. Sie bittet die anderen, kurz auf Valtýr aufzupassen. Sie muss noch mal eben los. Guðfinna verlässt mit ihr das Haus. Hat ebenfalls noch in der Stadt zu tun.

Sína klopft an die Hintertür. Sagt, dass sie wegen der Wäsche komme. Das Mädchen hat rote Wangen und alle Hände voll zu tun, das Abendessen herzurichten. Der Landvogt hat zum Essen geladen. Sína grinst verschmitzt und erinnert sie an den Kognak!

«Warte kurz und trink einen Schluck, während ich schnell den Waschbottich hole», sagt das Mädchen lachend und zeigt auf ein Tablett mit einer Flasche und Gläsern. Dann läuft sie los.

Sína sieht sich um. Erinnert sich an die ersten Monate in Reykjavík in dieser Küche. Keinen einzigen Tag lang hat sie sich seitdem nach einer festen Anstellung gesehnt. Während des Wartens schnürt sich ihr der Hals zu. Sie will niemandem begegnen.

«Aber musst du denn morgen nicht ins Gericht?», fragt das Mädchen, als sie schnaufend mit dem schweren Bottich zurückkommt.

Sína nickt. Aber bis dahin werde sie mit dem Waschen fertig sein. Sie gehe noch heute Abend oder ganz früh am Morgen zu den Quellen. Sie nimmt den Bottich entgegen.

«Zuoberst ist eine bestickte Tischdecke von Fräulein Madsen, vom letzten Fest. Behandle sie pfleglich, meine Liebe!», scherzt das Mädchen. «Möchtest du wirklich nicht noch einen kleinen Schluck trinken?»

«Jetzt nicht, vielleicht beim nächsten Mal!»

Sína möchte fragen, ob der Landvogt sie in Ruhe lässt. Nicht ständig zu ihr nach oben schleicht. Möchte sie bitten, auf sich achtzugeben. Doch sie nimmt sich zurück, lächelt und verabschiedet sich. Verlässt schnell das Haus. Sieht Stonehill die Treppe zum Haupteingang hinaufsteigen, auf dem Weg zum Landvogt. Er winkt ihr zu, und sie lächelt zurück. Ein Stück die Straße hinunter erkennt sie den Sekretär und den Dichter.

Jóka ist gerade nach Hause gekommen. Sie hat sich aufs Bett geworfen, streckt ihre Glieder und ruht sich aus. Margrét sitzt bei Valtýr und singt leise:

Maus und Laus, die wohnten in einem Loch.
Die Maus wollte Brei kochen, Laus machte Feuer.
Da sagte Maus: Au, gute Frau, verbrannt ist mein Fuß.
Ja, so ein, ja, so ein Haushälterinnenzirkus!

«Schon merkwürdig, dich singen zu hören. Ich wusste gar nicht, dass du das kannst», sagt Jóka. Margrét singt weiter.

«Ich wusste auch nicht, dass ich das noch kann», antwortet sie nach einer Weile.

«Es ist vielleicht nicht ganz so nett, das zu sagen, aber Litlakot hat sich in den letzten Wochen komplett gewandelt.»

«Das ist jetzt mein Zuhause», antwortet Margrét und singt weiter. Kurz darauf kommen Guðfinna und Sína zurück.

Spät am Abend steht Guðfinna auf und nimmt sich den Bottich mit der Wäsche des Landvogts.

«Na, ich denke, wir sind gut gerüstet.» Die anderen nicken. Sína hat Valtýr auf dem Schoß, hat ihn den ganzen Abend gewiegt.

«Du bist immer noch nicht eingeschlafen, mein kleiner Nachtfalter! Du wirst wie dein Vater. Ich wünschte, ich könnte bei dir bleiben.» Sie drückt ihn fest an sich. Dann gibt sie ihn Margrét.

«Ich lege ihn schlafen und passe gut auf ihn auf», sagt Margrét ruhig.

«Der Wind hat aufgefrischt, und es ist stockfinster.» Jóka steht in der Tür und schaut nach dem Wetter. «Ihr seid nicht zu beneiden.»

«Wir segeln mit der Wäsche dicht am Wind», antwortet Guðfinna und umarmt Jóka. Dann macht sie sich mit dem landvögtlichen Bottich auf den Weg. Sína schluckt die Tränen runter und folgt ihr.

42

Am nächsten Tag ist der Gerichtssaal bis auf den letzten Platz besetzt. Die Luft knistert förmlich vor Spannung, die Leute diskutieren eifrig und stellen Mutmaßungen darüber an, wie das Urteil wohl ausfallen wird. Die meisten rechnen mit einer harten, ungerechten Strafe.

Margrét und Jóka sind früh gekommen und sitzen mit Valtýr in der ersten Reihe. Jóka muss noch einige Eimer tragen, will sich gleich nach der Urteilsverkündung wieder an die Arbeit machen.

Als der Landvogt und der Sekretär hereinkommen, geht ein Raunen durch den Saal. Der Landvogt macht ein finsteres Gesicht und guckt stur geradeaus. Jóka läuft ein kalter Schauder über den Rücken. Am liebsten würde sie aus dem Saal rennen. Margrét sitzt ganz ruhig neben ihr mit Valtýr auf dem Schoß und guckt beinahe fröhlich. Als Jóka das sieht, beruhigt sie sich ein wenig. Doch das Stillsitzen fällt ihr immer noch schwer, und sie hofft, dass die Sache schnell überstanden ist.

«Wie arrogant der Herr und Richter aussieht. Würde mich nicht wundern, wenn er Töpfchen-Sína zum Tode verurteilt!», ist von weiter hinten im Saal zu hören.

Der Landvogt setzt sich und schlägt mit seinem Hammer

auf den Tisch. Das muss er mehrere Male tun, bis es einigermaßen still wird.

«Ruhe im Gerichtssaal! Verhandelt wurde vorm Landesgericht zu Reykjavík: die Justiz gegen Guðfinna Ólafsdóttir und Jónasína Pálsdóttir. Sind die Angeklagten anwesend, um das Urteil zu hören?»

Da stellt sich heraus, dass weder Guðfinna noch Sína im Saal ist.

«Nicht anwesend? Wie können sie es wagen, das Gericht so zu missachten!» Mit scharfem Blick sucht der Landvogt die Reihen ab.

Da meldet sich Margrét und erklärt, dass die beiden in der Nacht mit Wäsche zu den Quellen gegangen, aber noch nicht wieder zurückgekommen seien. Vielleicht haben sie sich im dichten Nebel verlaufen?

Der Landvogt fixiert Margrét. Er denkt kurz nach und entscheidet dann:

«Das Urteil wird jetzt verkündet und ihnen so bald wie möglich mitgeteilt. Durch das Geständnis der Angeklagten, Guðfinna Ólafsdóttir und Jónasína Pálsdóttir, ist es bewiesen, dass sie im vergangenen Jahr das Bischofshaus auf Laugarnes geplündert und diverse Wertgegenstände aus dem Haus entwendet haben. Diese Dinge haben sie – teilweise durch Umarbeiten unkenntlich gemacht – verkauft oder gegen andere Waren getauscht.»

«Um ein Haar hätte Þorfinnur sie auffliegen lassen», sagt jemand im Publikum.

«Wenn er nicht in den Bach gefallen und ertrunken wäre!», ergänzt ein Zweiter. Wieder fangen die Leute an zu diskutieren. Der Landvogt trinkt einen Schluck Wasser und blickt über den Saal, als würde er seine Kräfte sammeln. Dann nimmt er den Hammer und lässt ihn auf den Tisch donnern.

«Ruhe im Saal! Das Urteil lautet …» Schon wieder hört niemand zu. Der Landvogt hämmert weiter, bis er ganz rot im Gesicht ist. Endlich werden die Leute leise, und er kann weitersprechen.

«Das Urteil lautet: Die Angeklagte Guðfinna Ólafsdóttir wird zu acht Monaten Zwangsarbeit verurteilt; außerdem trägt sie die gesamten Kosten ihrer Haft sowie 3/5 der Gerichtskosten. Die Angeklagte Jónasína Pálsdóttir …»

«Gott zum Gruße!»

Irritiert hält der Landvogt inne. Rusti kommt in den Saal marschiert und steuert direkt auf den Landvogt zu.

«Ich soll Ihnen Grüße ausrichten, Herr Landvogt.»

«Wie können Sie es wagen, das Gericht zu stören? Raus mit Ihnen!» Mit erhobener Stimme fährt der Landvogt fort: «Die Angeklagte Jónasína Pálsdóttir wird zu zehn Monaten Zwangsarbeit verurteilt; außerdem trägt sie die gesamten Kosten ihrer Haft sowie …»

«Ich soll Ihnen Grüße ausrichten, Herr Landvogt, von der Angeklagten Jónasína Pálsdóttir.»

Mit seiner kräftigen Stimme übertönt Rusti den Landvogt, der das Buch sinken lässt und sein Gegenüber mit offenem Mund anstarrt. Seine Gesichtsfarbe wechselt von Rot nach Weiß.

«Jónasína ist diese Nacht mit Stonehills Pferdeschiff nach Schottland aufgebrochen. Sie hat mich gebeten, Ihnen diese Kleinigkeit zu überreichen. Das habe Sie Ihnen versprochen. Nur um den Kognak müssen Sie sich selbst kümmern.»

Er zieht einen geblümten Nachttopf unter seinem zerschlissenen Umhang hervor und stellt ihn vor dem Landvogt auf den Tisch. Dann schreitet er aus dem Saal und schließt die Tür hinter sich.

Dem Landvogt klappt die Kinnlade herunter. Mechanisch liest er das Urteil zu Ende, scheint den Lärm und das schallende Gelächter im Saal nicht wahrzunehmen. Dann schlägt er ein letztes Mal auf den Tisch, schließt die Verhandlung und verschwindet, gefolgt vom Sekretär.

43

Es ist bereits Tag und schon lange hell, doch die beiden sitzen immer noch draußen auf Deck, windgeschützt im Heck. Haben sich kaum bewegt, seit sie am Abend an Bord gegangen sind. Wollten draußen sein und so lange wie möglich das Land sehen, haben sich nicht in ihre Kojen gelegt. Anfänglich haben im Kielwasser noch Vögel gejagt, und das Schiff wurde heftig hin und her geworfen, doch jetzt hat sich die See beruhigt. Sie sind abwechselnd eingenickt, aber jedes Mal wieder aufgeschreckt, wenn der Kahn auf einen Brecher geknallt ist und der Bug bedrohlich unter Wasser gedrückt wurde. Die ganze Nacht haben sie geschwiegen.

«Ob Valtýr jetzt wach ist?», flüstert Sína mit dünner Stimme.

«Bestimmt …»

«Mein Pausbäckchen geht mit ihnen in den Gerichtssaal.»

Beim Gedanken an den Gerichtssaal kann sich Guðfinna das Lachen kaum verkneifen. Wie gern würde sie beobachten, was dort passiert. Sie wirft einen Blick auf den Bottich mit der Wäsche des Landvogts. Die feine Tischdecke vom Fräulein, sorgfältig über die anderen Sachen gebreitet. Sie grinst.

«Soll ich versuchen, einen heißen Kaffee aufzutreiben?»

Sína antwortet nicht. Dann wispert sie mit geschlossenen Augen:

«Erzählst du mir von Hoffnungsland?»

Guðfinna beginnt zu erzählen, ruhig und leise, erzählt, bis Sína eingeschlafen ist. Dann lehnt auch sie sich zurück, schließt die Augen und ist plötzlich auf dem Friedhof bei Stefanía. Ist gestern noch dort gewesen. Wollte ein letztes Mal das Grab sehen. Es segnen und ein Gebet sprechen. Ihrer Freundin erzählen, dass sie in ferne Länder reist und ihren Traum vom Ausland wahr macht. Sie dämmert weg, merkt aber, als Sína aufwacht und weint. Wortlos hält sie ihre Hand.

«Wir holen sie nach, oder? Tun wir das ganz bestimmt?» Sína schluchzt.

«Ja, das tun wir.»

«Wie wir es besprochen haben, nicht wahr?»

Guðfinna nimmt sie fest in den Arm und spürt, dass Sína ganz kalt ist.

«Wie wir es besprochen haben, liebste Sína. Vertraue mir. Im Winter suchen sie sich neue Mitbewohner, und im nächsten Frühjahr kümmert sich Stonehill um sie. Dann verkauft Margrét die Hütte, und sie kommen zu uns. Aber erst bereiten wir alles für sie vor.» Sie lächelt und steht auf. Zieht auch Sína auf die Beine.

Am Nachmittag kommen sie wieder an Deck. Jetzt sind keine Vögel mehr da. Hinter ihnen am Horizont ist etwas zu erkennen, das im Dämmerlicht wie Land aussieht. Noch bevor es ganz dunkel wird, ist nichts mehr davon zu sehen.

GLOSSAR

Árbær – *Flusshof*, Name eines Bauernhofs, der heute ein Freilichtmuseum ist

Austurvöllur – *Ostfeld*, Platz im Stadtzentrum

Bakarabrú – *Bäckerbrücke*

Bakarastígur – *Bäckersteig*, heute heißt diese Straße Bankastræti

Barð – *kleiner Hügel*, Name eines Bauernhofs

Brekka – *Hang*, Name eines Bauernhofs

Bóndastaðir – *Bauernort*, Name eines Bauernhofs

Borgarfjörður – Fjord nördlich von Reykjavík, nach dem Hof Borg (*Burg*) benannt, dem Hof des ersten Landnehmers in dieser Region, des Goden Skallagrímur Kveldúlfsson

Bræðraborg – *Brüderburg*, Name einer Hütte

Dómkirkja – *Domkirche*, Dom von Reykjavík

Egill Skallagrímsson – Titelheld der *Saga von Egill Skallagrímsson*

Esja – Name eines Bergs nördlich von Reykjavík

Flóinn – *der Sumpf*, Name einer Region im Südwesten Islands

Fúlalækur – *Vogelbach* (aus dem Dänischen entlehnt, fugle = Vogel)

Fúlatjörn – *Vogelweiher*

Fúlatjörn – gleichnamiger Hof am Fúlatjörn

Garður – *Garten/Wall*, Ort an der Nordspitze der Halbinsel Reykjanes

Grettir der Starke – Titelheld der *Saga von Grettir dem Starken*

Gunnar – Gunnar Hámundarson, Held aus der *Saga von Brennu-Njáll*

Gvendarbrunnar – *Brunnen des Gvendur*, von Bischof Guðmundur Arason (1161–1237, Gvendur genannt) geweihte Quellen südwestlich von Reykjavík, lange Zeit die wichtigste Wasserquelle der Stadt. Wer dort vorbeikam, legte einen Stein auf einen Haufen, was Glück bringen sollte.

Hvalfjörður – *Walfjord*, Fjord nördlich von Reykjavík

Hvammur – *Senke*, Name eines Bauernhofs

Ingólfur Arnason – norwegischer Wikinger und erster Siedler Islands, der sich vermutlich im Jahr 874 an einer in Dampf gehüllten Bucht der Insel niederließ und ihr den Namen Reykjavík gab.

Innra-Fell – *Innerer Berg*, Name eines Bergs in Nordisland

Jökuldalsheiði – *Gletschertalhochebene*, Hochebene im Nordosten Islands

Kaplaskjól – *Pferdeschutz*, Gebiet westlich von Reykjavík

Kirkjumýri – *Kirchenmoor/Kirchensumpf*

Laugarnes – *Halbinsel der heißen Quellen*

Litla Klöpp – *kleiner Fels*, Name eines Bauernhofs

Litlakot – *kleine Hütte*

Mjóanes – *schmale Halbinsel*, Name eines Bauernhofs

Mýrar – *Moore/Sümpfe*, Gegend am Borgarfjörður

Narfastaðir – *Ort des Narfi*, Name eines Bauernhofs

Nesbær – *Halbinselhof*, Name eines Bauernhofs

Njáll – Titelheld der *Saga von Brennu-Njáll*

Njarðvík – *Bucht des Njörðr* (Gott des Meeres), Bucht auf der Halbinsel Reykjanes, heute eine Kleinstadt

Norðurkot – *Nordhütte*

Öskjuhlíð – Anhöhe südlich von Reykjavík, Askja = *Schachtel mit gewölbtem Deckel*, hlíð = *Hang*

Rauðará – *roter Fluss*

Reykjanes – *Rauchhalbinsel*

Reykjavík – *Rauchbucht*

Skólavarðan – *Schulwarte*. Aussichtsturm, den Lorentz Angel Krieger im Gedenken an einen ursprünglich von Schülern erbauten Turm auf dem Skólavörðuholt (*Schulwartenhügel*) bauen ließ. Dieser stand dort, bis er 1931 der Statue von Leifur Eiríksson Platz machen musste, einem isländischen Entdecker, der in Grönland aufwuchs und um das Jahr 1000 Nordamerika entdeckte.

Skólavörðuvegur – *Schulwartenweg*

Skuggahverfi – *Schattenviertel*, nach einem Hof namens Skuggi (*Schatten*) benannter Teil von Reykjavík, in dem einst viele Arbeiterhütten standen.

Suðurkot – *Südhütte*

Sveinsbær – *Hof des Sveinn*

Tíminn – *die Zeit*, Name einer Tageszeitung

Tjörnin – *der Teich*, See im Zentrum von Reykjavík. Der Bach, der von diesem See zum Meer floss, befindet sich heute unter der Straße Lækjagata (*Bachstraße*).

Uppsalir – *Himmelreich*, Name einer Hütte

Vesturkot – *Westhütte*

Vopnafjörður – *Waffenfjord*, Fjord im Nordosten Islands

Þingvellir – *Thingfelder/Ebene der Volksversammlung*, Ort östlich von Reykjavík, an dem einst jedes Jahr im Sommer die gesetzgebende Versammlung, das Althing, abgehalten wurde.

Þjóðólfur – Name einer Zeitschrift

Hinweis

Bei der Übersetzung der Psalme des isländischen Dichters Hallgrímur Pétursson auf S. 96 habe ich zurückgegriffen auf: Pétursson, Hallgrímur/Klose, Wilhelm: *Die Passionspsalmen des isländischen Dichters Hallgrímur Pétursson 1614–1674. Unter Beibehaltung der Dichtungsform des Originals in deutscher Sprache wiedergegeben von Wilhelm Klose*, Verlag der Hallgrímskirkja, Reykjavík 1974.

Anika Wolff

AUS DEM VERLAGSPROGRAMM

Catalin Dorian Florescu
Der Mann, der das Glück bringt

Roman

324 Seiten, gebunden. München 2016, 2. Auflage

Ray und Elena lernen sich in einer dramatischen Nacht in New York kennen. Sie ist eine Fischerstochter aus dem Donaudelta, er ein erfolgloser Künstler, der noch an den Durchbruch glaubt. Sie muss die Asche ihrer Mutter nach Amerika bringen, er will erreichen, was sein Großvater für sich erhoffte. Ihre geheimnisvollen Lebenswege finden in jenem Augenblick zusammen, als sie sich entscheiden können, einander erzählend zu vertrauen. Ihre Familiengeschichten führen den Leser in die Welt New Yorks vor hundert Jahren und in das magische Universum des Donaudeltas.

In seinem spannenden, an Fabulierlust und Überraschungen reichen Roman, der von 1899 bis in die Gegenwart reicht, lässt Catalin Dorian Florescu zwei Erzählstimmen abwechselnd zu Wort kommen. So entsteht das Bild eines fantastischen und harten Jahrhunderts zwischen dem Schwarzen Meer und der amerikanischen Metropole. Ein Roman voller Tragik und Komik, der gleichzeitig eine literarische Reverenz an die Fähigkeit des Menschen ist, sein Glück zu suchen, zu überleben und allen Widrigkeiten zum Trotz zu lieben.

«Ein Roman, der vor Fantasie, Schönheit und fantastischen Bildern schier platzt. Florescu hat schon früher bewiesen, was für ein begnadetes Fabuliertalent er ist – hier liefert er sein Meisterstück.»

Elke Heidenreich, Stern

Diane Broeckhoven

Was ich noch weiß

Roman. Aus dem Niederländischen von Isabel Hessel.
144 Seiten, gebunden. München 2016

Warmherzig und fein komponiert erzählt Diane Broeckhoven die Geschichte einer komplizierten Mutter-Sohn-Beziehung. Manon geht in ihrer Rolle als Ehefrau, Hausfrau und Mutter auf, bis ihr Mann sie plötzlich für eine jüngere Frau verlässt. Sie bleibt mit den drei Kindern zurück und muss von nun an allein für die Familie sorgen. Sieben Jahre später entdeckt ihr Sohn Peter durch einen Zufall, dass Manon kurz nach dem Tod ihrer Schwiegermutter eine Affäre mit ihrem Schwiegervater gehabt haben muss. In jugendlicher Empörung und ohne seiner Mutter Gelegenheit zu geben, sich zu erklären, zieht er zu seinem Vater.

Die Kinder werden erwachsen und kurz bevor Peter mit seiner frischangetrauten Ehefrau für einige Zeit nach Japan ziehen will, erleidet Manon einen Schlaganfall und fällt ins Koma. Trotz ihrer früheren Differenzen legt Peter seine Pläne auf Eis, um für seine Mutter da sein zu können. Als Manon erwacht, muss sie sich ins Leben zurückkämpfen. Sie notiert, was sie noch weiß, und wird liebevoll von ihren Kindern und ihrem früheren Ehemann unterstützt. Ein Neuanfang wird möglich.

Diane Broeckhoven versteht es, mit viel Einfühlungsvermögen die großen Lebensfragen in einer leicht zugänglichen Geschichte zu verdichten.

«eine zarte und kluge Geschichte von Stärke und Verletzlichkeit, von Altern und von Vergebung» *Gerhild Heyder, Die Tagespost*

Jean-Luc Seigle
Ich schreibe Ihnen im Dunkeln

Roman. Aus dem Französischen von Andrea Spingler.
207 Seiten, gebunden. München 2017

Einfühlsam und poetisch erzählt Jean-Luc Seigle in diesem dichten, intensiven Roman von der Leidenschaft und den Wünschen einer Frau, die, attraktiv und talentiert, mit ihrem Begehren immer wieder scheitert. Es ist eine wahre Begebenheit, die JeanLuc Seigle in seinem neuen Roman von der Hauptfigur Pauline erzählen lässt, als sie, in einem Haus in Marokko sitzend, ihre Geschichte aufschreibt. Die tragische Geschichte einer jungen und begabten Frau, die während der deutschen Besatzung Frankreichs für einen deutschen Militärarzt arbeitet und dessen Geliebte wird. Nach der Befreiung Frankreichs üben Männer der Résistance fürchterliche Rache an ihr. Später studiert Pauline in Paris, will sich ihrer großen Liebe Félix offen baren und wird wegen ihrer Vergangenheit von ihm abgewiesen. Im Affekt tötet sie Félix. Sie wird 1950 zum Tode verurteilt, die Strafe wird in lebens länglich umgewandelt. Währenddessen dreht der Regisseur HenriGeorges Clouzot auf der Grundlage ihres Schicksals den Film «Die Wahrheit» mit Brigitte Bardot in der Hauptrolle. Aus dem Gefängnis entlassen, muss Pauline sich mit diesem Film konfrontieren und weicht schließlich nach Marokko aus. Wieder verliebt sie sich, wieder will sie sich erklären, will herausfinden, was denn ihre Wahrheit ist.

«Eine schockierende Geschichte, die mich bewegt und begeistert hat»
Marie Jurgens, Elle